徳 間 文 庫

警察庁ノマド調査官 朝倉真冬

丹後半島舟屋殺人事件

鳴 神 響 一

徳 間 書 店

目次

プロローグ

伊根浦に静かな波音が響いている。

磯臭い臭いが風に乗って漂う。

月のない伊根は暗い。

「さっきまであんなに降っていたのにぴったり止んだじゃないか」

二メートルほど先でジャンパー姿の植木がしわがれた声で言った。

「ああ、浦西が吹く季節が始まったな」

あくまで平静な声を出さなければ怪しまれる。

「で、どこなんだ」

植木は声を尖らせた。

「まぁ、そうあわてるな」

どうにかして植木のいらだちを抑えなければやりにくい。

「わしは貴重な時間を使っておまえについてこんなところまで来たんだぞ」

いらだちを隠さずに植木は毒づいた。

意識を俺から逸(そ)らさなければならない。

タイミングを間違えれば必ずしくじる。

「金を隠すために、このボロい舟屋をこっそり借りたんだ。警察もこんなところには目をつけない。だいいち俺が借りていることは家主以外は誰も知らないんだ」

諭(さと)すような口調で俺は植木をなだめた。

すべて口からでまかせだ。伊根浦の集落から都合のいい舟屋を探しただけに過ぎない。ここはずっと放り出してある舟屋なのだ。おまけに両隣からも目立たない。ことを起こすにはふさわしい場所だった。

俺は懐中電灯の明かりで奥の木棚を照らした。

「あそこだ」

自信に満ちた声で俺は言った。

「あそこの棚か」

疑わしげに植木は訊いた。

「そうだ。棚の下に縞模様の布が掛かった四角いものがあるだろう。それが金庫だ」

懐中電灯を同じ位置で保持したまま、俺は自信たっぷりに言った。

「あの布か……本当に金庫があるんだな」

疑わしげに植木は訊いた。

「ああ、いま鍵を出すから、布をはずしてくれ」

俺は平らかな声で植木に指示した。

金庫はある。もちろんいまは中身は空だ。植木を騙すためにわざわざ用意した。

一時的に札束を収めた金庫の写真も見せたのが効果的だったようだ。

「わかった」

植木は浮き立つ声で布に手を掛けた。

かがみ込んで金庫を覆う布を外そうとしている。

いまだ！

俺は植木の背後に忍び寄って、後頭部に手を当てた。

放り出した懐中電灯がコンクリートの作業場に転がった。

「なにをするんだ」

植木は激しい声で叫んだ。

頭を舟置き場の傾斜した海水に浸（つ）ける。

「ぐおっ」

植木は苦しがってバタバタ暴れ始めた。

こんな老人、どうにでもなる。

油断したすきに植木は身体を起こして、両手で摑（つか）み掛かってきた。

「クソッ」

俺は植木を蹴飛ばし、ふたたび頭を海水に浸けた。

渾身（こんしん）の力を込めて俺は頭を押さえつける。

手足をバタつかせて植木は苦しんでいる。

急に四肢の力が抜けた。

頸動脈（けいどうみゃく）のあたりに人差し指と中指を当てた。

脈搏（みゃくはく）は感じられなかった。

終わった。すべてが終わった。

この件は片づいた。

入り江側から外の道へ続く細い通路に出た。

あたりには誰の気配もない。

ふっと数メートル先に動くものが見えた。

「ネコか……」

こころのなかで俺は苦笑した。

漁村のネコに怯(おび)えてどうするのだ。

俺は離れた路肩に駐(と)めたクルマに向かって、何ごともなかったように歩き出した。

空を見上げると無数の星がひろがっている。

灯りの少ない伊根の夜は暗かった。

第一章　日本の原風景

1

京都丹後（たんご）鉄道の天橋立（あまのはしだて）駅に降り立った朝倉真冬（あさくらまふゆ）は、両腕を青い空に伸ばして深呼吸した。

かすかな潮の香りが風に乗って漂っている。

冬晴れのきれいな空に、真冬はなにより安堵（あんど）した。

海沿いとはいえ、日本海に面した丹後国には雪が降る日は珍しくない。

金沢の生まれ育ちだから、真冬は雪には慣れている。

しかし、運転となると話は別だ。

真冬はもともと運転には自信がなく、雪道はほとんど経験がない。

だが、ここから先はバスだけでは不便な土地で、調査に支障を来すおそれもあった。

仕方がないので、真冬は駅からすぐ近くの営業所で予約してあったレンタカーを借り受けた。

ライトブルーメタリックのホンダ・フィットは小ぶりで取り回しがよさそうだった。

真冬は駅前の府道を、電車で通ってきた宮津駅とは反対方向に進み始めた。

道路の左手には京都丹後鉄道の線路が続き、右側には建物が切れたところから、青い海がちらちら見えている。

それにしても天橋立が意外に近いことをあらためて感じた。

東京駅を六時発ののぞみ一号に乗ってきたわけだが、まだ一一時には間がある。

同じ日本海側である故郷金沢との距離はずっと近いが、真冬にとっては遠い地だという感覚があった。この地を訪れるのも初めてのことだ。

京都市内で大学時代を過ごした真冬だが、丹後エリアには足を踏み入れたことはなかった。その頃は北海道に夢中になっていたせいもある。

日本三景の天橋立すら見たことはない。天橋立は京都府内では、京都市以外では随一の集客力を誇る観光地なのだ。

いま真冬は、天橋立駅から四〇分ほどで到着するはずの伊根町の遺体発見現場に向かっている。

明智光興審議官から真冬に下された命令は、第一に伊根町で起きた殺人事件の真相解明であった。

昨秋、伊根町の「舟屋」と呼ばれる形式の民家でひとりの男性の遺体が発見された。京都府警は天橋立警察署に捜査本部を設置して五〇人態勢で捜査を続けているが、遅々として進んでいなかった。

ところが、警察庁に「事件には大きな背景がある。京都府警内部にも犯人に協力する者がいる」旨の密書が届いた。密書の送り主は判明していないが、明智審議官は伊根町の殺人事件に関連した捜査状況の調査を至急行うべきと判断した。

捜査本部が立っている天橋立署のある宮津市の市街地から離れてゆくが、真冬の計画ではまず伊根町を訪ねることになっていた。

クルマの右手には細長い入江が続いて、その向こうには半島のように長く続く緑の陸地が見える。

と思ってカーナビを見ると、この半島のように見える土地こそ天橋立だった。入江に見えるのは阿蘇海（あそかい）であって、砂洲（さす）である天橋立によって宮津湾から仕切られた海跡湖（かいせきこ）だった。阿蘇海と宮津湾は文殊切戸（もんじゅきれと）と文殊水道という狭い水路でつながっているだけだ。

初めて見る天橋立だが、高いところから望まなければ特徴的な砂洲の全景はわからない。

だが、真冬は観光に来たわけではない。

天橋立の佳景は仕事がすんだ後にでも見にいこう。

丹後半島の突端である京都府京丹後市の経ヶ岬（きょうがみさき）から、福井県の越前海岸にある越前岬の間の海域が若狭湾（わかさわん）である。

かつてはこの一帯の海岸線は若狭湾国定公園に指定されていたが、二〇〇七年に新しい二地区を加えて丹後天橋立大江山（おおえやま）国定公園として独立した。

伊根湾も丹後半島海岸地区の一部として国定公園内にある地域だ。

丹後半島は東半分を宮津市と与謝(よさ)郡伊根町が占め、西半分を京丹後市が占めている。東側の根元にほんの少しだけ与謝郡与謝野町が張り出している恰好(かっこう)だ。

伊根湾は伊根町のいちばん南側に位置し、町全体のほんの一部の領域に過ぎない。

北側には経ヶ岬に続く複雑な海岸線が延びている。内陸部のほとんどは山林だが、耕作地もあって集落も散見される。

それでも町役場や小中学校は伊根湾近くにあって、入江を取り巻く集落が町の中心地であることがわかる。

真冬は海沿いの道をひたすら伊根を目指して進んだ。

すでに天橋立は後方に去って、海の向こうには舞鶴(まいづる)方面の陸地が見えている。

ふと気づくと、走っている道の幅がぐんと狭くなっている。

道の左右には瓦屋根を載せた古い民家が続いていて、海は見えなくなった。

ゆるいカーブの向こうから、淡いグレーとオレンジの巨体が現れた。

「うわっ、バスだっ」

真冬は叫び声を上げた。

バスはゆっくりとこちらに近づいて来る。

この道の幅ではどうしてもすれ違うことはできない。

バックは苦手だが、真冬が後ろに下がるしかない。

真冬はシフトをリバースに入れると、首をめいっぱい後ろに曲げてこわごわアクセルを踏んだ。

まっすぐ下がることがこんな難しいとは思わなかった。

だが、しばらくバックしても道幅はそう変わらなかった。

ステアリングをいっぱいに切って真冬は道路の右側にある施設の駐車場にクルマを待避させた。

かるくクラクションを鳴らすと、大きなエンジン音を響かせてバスは遠ざかっていった。

真冬はカーナビを見て、まっすぐ走っていた自分が国道を外れていたことに気づいた。

音声ガイドを聞き逃したのだろうか。

もう一回見直すと、大島（おおしま）の舟屋という地点を通過するように設定していたことがわかった。

そのため、国道との分岐を直進してこの狭い海沿いの道に入ってきたのだ。

しかし、この道を路線バスが通るとは思いもしなかった。

気を取り直してもとの道に戻って狭い民家の間を抜けると、幅員も少しひろがった。

右手に海も見えてきて、伊根浦の東側に突き出ている。

やがて大島の舟屋のある場所でちょっとだけ停止した。

狭い道からは舟屋ははっきりとは確認できなかった。真冬はすぐにクルマを始動させた。

ここはまだ伊根町に入っておらず、宮津市の外れの地域だった。

民家が消え、海しか見えなくなってゆるやかな岬を回ると、いよいよクルマは伊根町へと入った。道幅は狭いが、バスは通らない場所のようだ。

古びた民家や土壁の蔵などが続いた雰囲気のよい集落に入ったが、地図のこのあたりには舟屋の記載はなかった。

T字路が現れた。カーナビによれば、左へ曲がると山の方向で伊根町役場がある。

右は海沿いの道で、遊覧船乗り場があり、その先にはいくつかの飲食店や宿泊施設、観光案内所などが続いている。

当然ながら、真冬は右折して海沿いの道を走り始めた。

ここまで一軒の舟屋もはっきりとは見ていない。

遺体が発見された民家は集落の奥のほうの亀島地区とわかっているが、伊根浦集落の全体像もわかっていなかった。

真冬は計画通りに伊根湾めぐりの遊覧船に乗って、この舟屋の里の全体像を把握することから始めようと思った。

遊覧船乗り場の日出駅は平屋の新しい建物だった。

意外と広い駐車場があって、マイクロバスなども駐まっている。

クルマを乗り入れて駐めると、真冬はホッとして地面に降り立った。

しばらくはクルマのすれ違いに苦労することもない。

真冬はいつものように速乾性シャツの上にフリース・パーカーを着込んでいた。雨合羽兼用のゴアテックス・マウンテンパーカーを羽織った。

財布、カメラなどの入ったデイパックを背負ってクルマを下りると、弾む足取りで日出駅に向かって歩き始めた。

「もうすぐ出ますよ」

建物内でチケットを買った真冬は、係員に急かされるように桟橋に向かった。

チケットを見ると、この遊覧船はさっきすれ違いに苦労した路線バスと同じ、丹後海陸交通という会社が運行しているらしい。

白と紺に塗り分けられた船体の小型遊覧船がエンジンを廻して待機していた。排気ガスの臭いが風に漂う。

一階のキャビンではなく、その上に設けられた屋根のない展望デッキへの階段を上る。

デッキにはマウンテンパーカーやダウンジャケットなどを着込んだ二〇数名程度の乗船客がバラバラと立っていた。

家族連れとカップルばかりで、真冬のような一人の旅行者は見かけない。

まぁ、仕事でここにいるのも真冬だけだろう。

なかには外国人と思しき家族の姿も見える。

一階部分の壁に、この船は二〇〇名定員と表示してあった。デッキはガラガラだった。

真冬は展望デッキのいちばん前に陣取っていたが、人が少ないので後方もよく見える。

ほどなく出航のアナウンスが響き、エンジン音が高くなると船は桟橋を離れた。

「ミャーオ、ミャーオ」

鳴き声を上げてたくさんのウミネコが遊覧船を追いかけてきた。

ウミネコたちはデッキの乗船客を取り巻きはじめた。

「すごーい」

「かわいい」

乗船客たちは歓声を上げながらスナック菓子のエサをやっている。

「うわっ、トビだ」

大きなトビさえ近づいてきて、エサをねだっている。

空高く舞っているのとは違って相当な大きさだ。

迫力ある姿に泣き始めた子どももいるが、乗船客たちは大はしゃぎだ。

真冬にはウミネコと遊んでいるいとまはなかった。エサも買ってはいなかった。

幸いにも乗船客たちはデッキの後方に集まっていて、船首側のデッキはガラ空きだった。

真冬は前方をしっかりと見据えた。

左手には、入江をふさぐような形で島影が見えている。

振り返って後方を見た。桟橋の右手には、わずかな隙間を介してずらりと民家が建ち並んでいた。

「あれだ！」

海に浮かぶような家々の姿に真冬の目は釘付けになった。

船内のアナウンスは「日本のヴェネツィア」と呼ばれていることを説明している。

民家のほとんどは特異な形状の二階建ての家だ。

コンクリートらしき基礎の上に、切妻(きりづま)屋根の二階建て木造家屋が並んでいる。

建物の一階に開口部が広くとられていて、建物の下端部分は海に浸(つか)っている。

一階には、壁際の通し柱を除いて、一本も柱がなくガランとしている。

要するにクルマのガレージのような構造だ。

土台の片側にスロープが作られていて小型の舟を収納できるような構造になっている。

横はコンクリートの三和土（たたき）になっているが、作業場に違いない。

小型のボートが収納してある建物も多い。なかには建物の前の海にボートを係留（けいりゅう）している家もある。

二階部分はガラス窓が入ったふつうの居室のようにも見える。

真冬は手にしたタブレットに、国土地理院の地図とグーグルマップを映し出し、実景と見比べた。

この眺めは日出地区の舟屋群だ。

ちいさな入江は日出湾という独立の名前を持っているらしい。

伊根浦は、平成一七年に文化財保護法に規定する「重要伝統的建造物群保存地区」に指定されている。長野県の妻籠宿（つまごじゅく）や岐阜県の白川郷（しらかわごう）など全国に一二七箇所あるが、漁村の景観としては初めての指定だったとのことだ。

船は左の方向に針路を向けて、小さな岬を越えた。

右手を通り過ぎる常緑樹に覆われた島は青島（あおしま）という名前だった。

青島を過ぎると、正面に伊根湾の全景がひろがった。

「うわぁ……これかぁ」

真冬は感嘆の声を漏らした。

いくつかのちいさな入江を持つ伊根湾の北側いっぱいにずらりと民家が並んでいる。

そのほとんどが舟屋のように見える。

よく見ると、蔵や普通の民家も挟まっているのだが、舟屋はずっと続いている。

なかには新しい建物も見られるが、多くは灰色の瓦屋根に板壁の古い家屋だ。

なんと素晴らしい景観だろう。

まさに日本的な漁村の風景だ。海とともに生きてきた、この伊根湾の歴史の重みを感じさせる。

日本のヴェネツィアなどという呼称が、かえって安っぽく感じる。

むしろ「日本の原風景」という呼び名こそふさわしいのかもしれない。

ふと疑問に思った。

なにゆえ、ほかの漁村ではこうした舟屋は存在しないのだろう。

船内のガイドのアナウンスでその理由を説明してくれた。

伊根湾は日本海側では珍しく荒波が入りにくい南向きの入江だ。さらに湾口に青島が浮かんでいて防波堤の役割を果たしている。また、東、西、北側の三方向を山に囲まれて強い季節風をさえぎっている。加えて干満の潮位差が五〇センチほどと少なく、一年を通じて穏やかな入江である。

一方この地は浜辺には平地が少なく、かつて伊根の人々はおもに山の中腹に住んでいた。漁に出るときには浜に下りて船や漁具を用意するという手間を掛けねばならなかった。

波が穏やかな地勢的特徴を活かして、江戸期から一階部分に舟を格納し、二階部分には漁網などの漁具をしまう舟屋が建てられていったのである。

さらに伊根は山に囲まれた陸の孤島であり、道路がじゅうぶんに整備されていなかった。

人々は舟での移動をいちばんの交通手段としていた。すぐに舟が出せることは生活のために重要だったのだ。

かくして江戸時代以前から舟屋は建てられていった。

最初の舟屋は戦国期には存在していたという説もある。

現在も江戸時代に建てられた舟屋が残っているという。

伊根地区は約五キロにわたって民家が続いていて、そのうち二三〇軒ほどの舟屋が存在している。

ゆったりとした漁村の眺めを見ながら、真冬はふたたび地図と見比べてみた。

右手つまり東側が亀島地区で、正面が平田(ひらた)地区、すでに見えなくなっている出航地点あたりが日出地区ということがわかった。

この三つの地名は大字(おおあざ)であり、明治の町村合併の際に消滅した町名や村名である。

もっと簡単に言えば江戸時代の村の名だ。

現場は亀島地区にあるが、さらに立石(たていし)、耳鼻(にび)、亀山(かめやま)などの細かい小字名が付されている。

入江をぐるっと回った遊覧船は青島の横を通り過ぎて日出地区の桟橋へと戻ってきた。三〇分ほどの船旅だった。

実景と地図を見比べたことで、伊根湾の全体像や入江の位置関係を把握することができた。

もちろん現場の民家がどれなのかは把握できなかったが、遊覧船に乗った意味は大きかった。

ほかの乗船客と一緒に階段を下りて真冬は地上の人となった。

2

次はいよいよ現場へ向かおう。

クルマに乗り込むと、真冬はあらためて伊根湾のマップを見た。

現場付近には駐車場がない。

伊根には日出地区に大西駐車場、平田地区に伊根浦公園と七面山駐車場と三箇所の公共駐車場があり、あわせて一二〇台弱の台数が駐められる。

さらに道の駅《舟屋の里》には一三八台の駐車場があるが、背後の丘の上であり、海沿いの道まで下りるためには二〇〇段以上の階段を使わなければならない。

この伊根湾をぐるっとまわっている道路はほとんど狭いところばかりなので、路肩に駐車するわけにはいかない。

現場はバスの終点である伊根郵便局からは数百メートルほどの距離だが、次のバスは三時近くまでやってこない。

計画通り、真冬は現場の亀島地区にいちばん近い七面山駐車場に向かってクルマをスタートした。

すぐに道路から内部が素通しで見えている民家が現れた。

平屋建てなので舟屋ではないが、内部には木造の小型の船が収納されていた。人の侵入を拒むものはなにもないが、ここは観光客に公開しているわけではなさそうだ。

さらに進んでいくと、伊根浦公園の駐車場に出た。

海側には整備された小公園があり、山側の背後には伊根小学校があってその間の左右の道路に駐車場のレーンが並んでいる。二二台しか駐車できないが、小学校側に一台の空きがあった。

真冬はとりあえず、この駐車場にクルマを乗り入れた。

すぐ横にはシックな木造建築の観光案内所が設けられている。

真冬はパーカーを羽織ってデイパックを背負うと、道路を渡って伊根浦公園に足を踏み入れた。

公園は入江に向かって開かれていて、東屋やベンチが備えられている。

このあたりは観光客の数も多く、入江の写真を盛んに撮っていた。

海際の岸壁まで歩いてゆくと、正面には青島が浮かんで左右に舟屋が並んでいる。

さっき遊覧船から眺めていた平田地区の舟屋が海越しに眺められるのだ。

一階部分に白いボートが収納されている家も少なくはないが、荷物が置いてあったり洗濯物の干し場所になったりしている家も見受けられた。

遠く赤灯台の立つ堤防の左手に延びているのは、現場のある亀島地区の舟屋だろう。

現場はあの舟屋のうちの一軒のはずだ。

真冬はこのままクルマをここに駐めて、現場まで歩こうと考え直した。

七面山の駐車場まで行っても満車状態かもしれない。

現に、この駐車場に駐められたのも運がよかっただけかもしれない。

ふと気づくと、駐車場の端にレンタサイクルが並んでいる。と言うと正確ではない……二台の黒い自転車がスタンドに置いてあった。

観光案内所で貸し出しているらしい。

真冬は観光案内所の建物に入って、奥のカウンターに進んだ。

申込書を書いて保証金の二千円を支払った。

「保証金は自転車を戻されたらお返しします。四時四五分までなのでよろしくお願いします」

カウンターの四〇歳前くらいの女性はにこやかに言って鍵を貸してくれた。

真冬は自転車をこぎ始めた。

海沿いの道はほぼ平らに続いているので、自転車での移動は楽だった。

亀島地区の伊根湾の端まで続くこの道は京都府道六二二号線というらしい。

ゆっくり走っても一五分も掛からないで現場に到着するだろう。

集落を抜けると、右手に七面山の駐車場が現れた。
二、三台は駐められそうだったが、自転車も借りられたのだから伊根浦公園の駐車場を利用してよかった。
海沿いで小型遊覧船の発着場にもなっているのに七面山とは不思議だが、背後にそびえる丘の名前なのだろうか。

天気はよく思ったよりもあたたかかった。場合によってフリースのパーカーは脱いでもよさそうなくらいだ。

駐車場から海を眺めながらちょっとした坂を上る。

入江の対岸にはさらに多くの舟屋がずらりと並んでいる。

そぞろ歩く観光客は少なくないが、そのうちの二人連れの男性が高いところを見上げて写真を撮っている。

電線に三羽のトビが並んで止まっていた。

さらに自転車を走らせると坂道から見ていた民家のところまで下りてきた。

ふたたび集落が現れ、道の両脇に趣（おもむき）のある木造家屋がずらりと建ち並んでいる。

比較的きれいな民家が多く、宿泊施設の看板を出している建物もいくつか過ぎてゆく。

左側は山を背負った民家で右側は舟屋のはずだが、道を歩いているとなかなかわかりにくい。

そもそも舟屋はこの伊根浦集落に住む人々の住居であって観光施設ではない。

公開しているものや民宿や飲食店となってる舟屋は別として、観光客が入り込むことはできるはずもない。

本来は舟屋に向けて写真を撮るのも遠慮すべきことなのだ。

舟屋に合わせた切妻屋根が三つ重なった茶色い飲食店を過ぎると、伊根漁港や水産加工場などが現れて民家は途絶えた。

さらに進むと、左手に伊根郵便局が見えてきた。

路線バスはここが終点だが、自転車で走り出してからまだ一〇分も経っていない。

またも道の両脇には民家が現れた。

ここからが亀島地区になるはずだ。

いままで走ってきたあたりとは違って宿泊施設などが少なく、シックな家並みがよく残っているような気がする。

ここでも道路の右側は舟屋が並んでいるはずだが、道路を走っている限りはわからない。

このあたりまで来ると、歩いている人はほとんどいない。

高齢の女性が民家の前で立ち話をしている姿が見られたくらいだ。

一度、郵便配達のバイクとすれ違っただけで、クルマにも出会わなかった。

夜間なら、もっと人通りは少ないだろう。

ずっと走ってきたが、遊覧船乗り場の近くで見たような、道から一階部分が素通しで見える家屋は見つけられなかった。

しばらく進むと、道路の右側に目印と考えていた《ときわ》という名の民宿が現れた。

真冬が手にしている資料によれば、現場はここから三軒目の民家である。

自転車から降りると、真冬は車体を押して歩き始めた。

「ここだ……」

真冬は目の前の民家を眺めてつぶやいた。

手もとの資料にある写真の建物に相違ない。

古い家だ。少なくとも七〇年くらいは経っているだろう。

左右の民家よりはだいぶちいさく、道から奥まった……つまり海側に寄って建っている。

県道から幅が狭くゆるやかな傾斜を持つ通路が建物へと下っていた。

一階は擦りガラスの入った引戸が立てられている。

引戸の右手には水道の栓が見られ、ホコリをかぶったバケツが転がっている。

道に向いた二階の窓には薄汚れたカーテンが掛かっていて内部は見えない。

建物全体の雰囲気から空き家のように見える。

捜査資料にも事件当時は誰も住んでいなかったことが記載されていた。

その後、誰かが居住したという記載もない。

建物の右側に建っている舟屋はずっと新しいが、人の気配はなかった。

左側は漆喰壁の蔵が建っている。

道を挟んで反対側の家屋が母屋のはずだが、こちらも二階の窓から見える障子の桟が壊れていたり、門口のプランターが横倒しになったりしている。どこか荒れた雰囲気は否めなかった。

真冬は通路に自転車を置き、ゆっくりと現場の建物に近づいていった。

まわりを見まわすと誰の姿も見られなかった。

真冬はデイパックから、いつも使っている小型一眼レフカメラを取り出した。

現場家屋の写真を何枚も撮る。

振り返って母屋の写真もたくさん撮った。

さらに付近の民家や道路の写真を何枚も撮ってから、真冬は現場建物の前に戻った。

まわりに誰かがいる気配は感じられないままだ。

玄関に歩み寄った真冬は強い誘惑に駆られた。

建物のなかに入ってみたい……。

だが、所有権者や管理者の許可を得ずに内部に入れば、刑法一三〇条に定める住居侵入罪に該当する。

現段階で、真冬は所有者等の許可は得ていなかった。

この舟屋と母屋は東京の調布市に住むサラリーマンの持ち物で、祖母からの遺産の代襲相続で所有権を取得した。

漁師をしていた祖父はすでに二〇年以上前に死んでいた上に、両親もここ数年で相次いで病死していた。ただ一人残っていた祖母が二年前に八七歳で死んだことにより、舟屋の所有権を得たという。

伊根町の出身者ではなく、ここに居住したこともなかった。

父母の代から京都市内に住んでいたということだ。

ふだんの管理は親戚に当たる近くの漁師にまかせていると聞いている。

捜査本部では所有者や管理者は事件と無関係だと判断していた。

さすがに引き戸を開ける勇気はなかった。

だが、建物の左脇には、隣の蔵との間に六〇センチほどの間隔が空いていた。

隙間から青く光る海が見えている。

海側へ出るための通路に違いない。

もちろんここへ入り込むことも違法行為だが、引戸を開けるよりはずっと規範的障害はちいさい。つまり罪の意識が軽いわけだ。

そもそも住所侵入罪の構成要件は「正当な理由がないのに」人の家などに入ることだ。

真冬には本当は警察庁の調査という正当な理由がある。

本来、真冬の立ち入り行為は、刑法一三〇条に該当するわけではないのだ。

ただ、それを公(おおやけ)にできないだけのことだ。

「ええいっ」

真冬は思い切って現場舟屋と蔵の間の通路へ足を踏み入れた。

目の前には対岸の平田地区の舟屋が続いている。

真冬は建物の土台のコンクリートの端に立った。

止まっていた何羽かのウミネコが鳴き声を上げて四方八方に飛び立った。

真下の海は透明度が高くて、とても美しい。

磯臭いのは隣家の漁網や漁具の匂いだろうか。

振り返ると、現場の内部がはっきりと見えた。

舟屋一階の下屋からすだれが下がっていたが、老朽化のためか半分ほどちぎれていた。すだれの端が垂れ下がって潮風に揺れている。

一階内部は見るからに頼もしい太い三本の梁が、建物を支えている。

壁際の通し柱以外に内部に柱はなく、ほかの舟屋と同じようにガランとした空間が広がっていた。

こちら側は作業場で、コンクリートの縁から海まで五〇センチ以上の高さがある。

反対側は舟置き場なので、コンクリートの床はスロープ状に作られていて海へと続いている。

スロープの上には木製の細長い和船が引き揚げられていた。

作業場にはエンジ色っぽい漁網がひろげられていた。

真冬はもっと近寄って内部のようすを確かめたくなった。

足音を忍ばせて、真冬は舟屋の内部に入った。

舳先（へさき）を海に向けている和船は、かなり古いものと思われた。

塗装されていない船体には、赤い錆（さび）が何カ所かで浮き出ている。

使われている釘から出た錆なのだろうか。

いずれにしても長い間、使用されているようすはなかった。

作業場にひろがってる漁網も、現在、使われているようには見えなかった。

左右の壁には一〇本以上の通し柱が並んでいて、横木が三本通って棚が作られていた。

棚には樹脂のウキや竹かご、竹竿（たけざお）などが収納されているが、すべてがホコリをかぶっていた。

捜査資料によれば、被害者はこの内部の和船にうつ伏せに倒れていた。

遺体が発見されたのは、昨秋、一〇月一六日水曜日の朝のことだ。

第一発見者は、この地区を担当する伊根浦駐在所の駐在所員の巡査部長だった。

朝のパトロールで、この建物の前を通りかかった。

トビやカラスが異常に騒いでいることに不審を感じた巡査部長は、建物内部に入って状態を確認した。

すると、和船のなかに一人の老人が倒れていた。

巡査部長が近づいて確認すると、すでに死後数時間は経っているものと思われた。

老人には目立った外傷はなく、凶器等も発見されなかった。

巡査部長は事件と事故の両方を疑って、天橋立警察署に連絡を入れた。

天橋立署から刑事課員が駆けつけ、さらに府警捜査一課員や検視官も臨場した。

検視官の見立てでは、老人の死因は溺死だった。

遺体は京都市上京区の京都府立医科大学に送られ司法解剖に付された。

司法解剖の結果、死亡推定時刻は発見前夜の午後九時から午前〇時頃とわかった。

また、老人は伊根湾の海水と思われるもので溺死したことも判明した。

被害者は、宮津市内に居住する植木秀一郎（うえきしゅういちろう）という七五歳の無職の老人だった。

植木は宮津市や京丹後市にたくさんの不動産を持つ資産家で、家族と一緒に暮らしていた。

家族の話では一五日の午後三時頃、人と会う約束があるといってタクシーを呼んで外出していた。

宮津駅前でタクシーを降りたことは運転手の証言からわかっているが、植木のその後の足取りは摑めていなかった。

京都丹後鉄道の宮津駅に設置された防犯カメラには姿が残っていないことから、植木が列車に乗ったのではないことははっきりしていた。

京都府警は殺人事件と断定。遺体発見の翌日には天橋立警察署に捜査本部が開設された。

およそ三ヶ月、捜査は続いているが、はかばかしい成果は上がっていなかった。

そんなところに何者かが警察庁に対して「事件には大きな背景がある。京都府警内部にも犯人に協力する者がいる」という旨の匿名の密書が送りつけられてきたというわけだった。

真冬は事件を振り返りながら、建物内の写真を撮り続けた。

光量が足りないので内蔵ストロボが光り続ける。

それにしても舟屋というのはなんと開放的な構造だろう。

いまも真冬は楽々とここへ侵入してきた。

遊覧船などから見てきた舟屋も、海側からの侵入は難しくない場所が多いように感じられた。

もっとも舟と漁具は、外部からの窃盗犯にはあまり意味のないものだろう。

また、この伊根浦の住人が他人の舟や漁具を盗むはずもない。

注意してみると、二階に続くハシゴの天井部分はベニヤ板でしっかりと塞がれていて、南京錠が掛けられていた。

二階に上がるのは簡単ではなさそうだ。

天井を眺めていると、海側からしわがれた声が響いた。

「そんなところでなにしてるんだ」

厳しい声音だった。

3

あわてて振り返ると、年輩の制服警官が仁王立ちしていた。

「ここは個人の住宅だ。勝手に入ってくると、住居侵入罪になるぞ」

警察官は鋭い目つきで真冬を睨みつけた。

定年近い歳ではないだろうか。

きまじめそうなホームベース型の顔にはしわが多く、高めの鼻と引き締まった唇を持っている。

略帽をかぶって冬服の上に防刃ベストを着けている。

地域課の警察官だ。胸の階級章を見ると巡査部長だ。

まさか警察官がやってくるとは思わなかった。

背中に汗が噴き出すのを真冬は感じた。

「すみません」

真冬は素直に頭を下げた。

巡査部長は真冬の頭のてっぺんから足もとまでをねめつけた。

「観光客……じゃなさそうだな。だいいち観光客がこんなところに入り込むわけはない。あなた、何者なんだ？」

うさんくさげな声で警察官は訊いた。

「わたし、ライターなんです」

気弱な声で真冬は訴えた。

「ライター？　どこかの雑誌なの？」

さらに疑わしそうな声で巡査部長は尋ねた。

「申し遅れました。わたし朝倉真冬と申します」

真冬はパーカーのポケットに入れた名刺入れから一枚を取り出して巡査部長に差し出した。

氏名のほかにはライターという肩書きと携帯番号、メアドだけを載せているいつもの名刺だ。

巡査部長は名刺を受けとると、じっくりと眺めた。

「ふうん、舟屋の取材かい？」

疑いを解こうとはしない顔つきだった。

「はぁ……そうです。季刊《旅のノート》という旅行雑誌の取材で……」

いつもよりも自信なく真冬は答えた。

この雑誌社には契約ライターとして朝倉真冬の名前を登録してある。

第三者から照会があった場合に、自分の社と契約しているフリーライターだと答えてもらえる手はずになっている。むろん、雑誌社に対しては、真冬の調査官の職責などについては伝えてはいなかった。

「じゃあ、観光協会には連絡を入れてあるね？」

巡査部長は名刺をしまうと、まじめな顔で突っ込みを入れてきた。

しまった。伊根のような狭いところだけに、観光協会と警察も連絡は密なのかもしれない。

最初に取材の連絡を入れておけばよかった。

真冬はほぞをかんだが、もう遅い。

「それが……これから連絡するところでした」

おぼつかない声で真冬は答えた。

巡査部長は真冬の目をじっと見つめた。

「ちょっと一緒に来てもらえないかな」

いくらか強い調子で巡査部長は言った。

「え……どういうことですか」

自分を住居侵入の現行犯で逮捕しようというのか。

「いや、わたしは伊根浦駐在所の者だがね。なんでこの舟屋に入ってきたのか話を聞かせてほしいんだよ」

　いくらか声をやわらげて巡査部長は言った。

「あなたが、そうだったのですか？」

　遺体の第一発見者なのか……。

　警察手帳の提示はないが、状況が状況だけに、真冬はいつものように警察手帳規則を持ち出す気にはなれなかった。

　なにせ、自分は現行犯なのだ……少なくともこの巡査部長にとっては……。

　それに真冬こそ、この巡査部長から話を聞きたい。

　任意同行の理由をきちんと告げない態度を批判するのも後回しだ。

「え？　わたしのことを知ってるのかな？」

　けげんな顔で巡査部長は聞きとがめた。

「いえ、この地区の駐在さんなんですね。わかりました。ご一緒します」

　真冬はおとなしく従うことにした。

「あとに従いて来て」

　巡査部長は、素っ気なく言うと巡査部長は先に立って海際のコンクリートの端に足を運んだ。

「海に落ちないように気をつけて」

巡査部長は背中で言った。

「わかりました」

真冬は注意深く足もとを見ながら進んだ。

相当おっちょこちょいなのは自覚している。

こんなところで海へドボンでは目も当てられない。

外の道路に出ると、舟屋ギリギリに寄せたミニパトカーが停まっていた。

ナンバープレートを見ると軽自動車でないが、あまり変わらないボディサイズだ。

「パトカーに乗ってください」

巡査部長はミニパトを指さした。

乗ってきたレンタサイクルが真冬の目に入った。

「あの……わたし、レンタサイクルで来てるんですけど」

真冬は自転車を眺めて言った。

「ああ、こんなところに観光協会のコミュニティサイクルが停まってたから、ここの家に入ってみたんだ。観光客が興味を持つような場所じゃないからね」

笑いまじりに巡査部長は答えた。

なるほど、自転車を不審に思って彼は現場の舟屋に入ってきたのか。

「自転車、観光案内所に返さなきゃならないんですけど」

真冬の言葉にかるくうなずくと、巡査部長はミニパトを指さした。

「あなたは助手席に座ってよ」

真冬は助手席のドアを開けてシートに座った。

巡査部長はミニパトのリアゲートを開けて後部座席を倒すと、レンタサイクルを積み込んだ。

運んでもらえて助かる。

解放されたとしても、ここまで歩いて取りに戻るのは大変だ。

近所の人らしき老女が道の向こうからよちよち歩いてきた。

「駐在さん、えらい世話んなってのー」

老女は声を掛けてきた。

「ああ、いやこちらこそー」

巡査部長はにこやかに答えると、老女は頭を下げて近くの民家に入っていった。

老女の姿が見えなくなると、巡査部長はスマホを取り出してタップすると、耳に当てた。

「土居（どい）です。お疲れさま……実は例の舟屋に侵入した不審な女性がいてね……うん、そうだよ。で、これから駐在所に連れてゆくんだけどね……ああ、わかった」

土居という巡査部長は、本署に電話しているわけではなさそうだ。

いったい電話の相手は誰なのだろう。

電話を切った土居は、ささっとミニパトに乗り込んできた。

土居は運転席に座ると、真冬のほうを向いて尋ねた。

「あなたはどこから来たんだい？」

「東京です。今朝、天橋立に着きました」

真冬は素直に答えた。

「そうか、東京か」

それだけ言うと、土居はミニパトのイグニッションキーをまわした。

口をつぐんだ土居に真冬のほうから質問することもなかった。

まずは情勢を見守るべきである。

土居が信頼できる人間であれば詳しい事情を話すことも検討すべきだ。

狭い道をゆっくりと慎重に走り続けて、ミニパトは伊根浦公園の観光案内所のところまで進んだ。

「自転車は後で返そう」

土居はそう言って、観光案内所や真冬のクルマの前を通り過ぎた。

交差点を右折すると、道は海から離れて伊根小学校のフェンスの横を上ってゆく。

小学校を過ぎて坂を上ったところの交差点を右折し、しばらく進んだ道路の左手に伊根浦駐在所は設けられていた。

舟屋のデザインに合わせたものか、三つの切妻屋根が並ぶ羽目板（はめいた）張りのシックな建物だった。

正面から見ると、三棟の舟屋をつなげたようにも見えるが、平屋建てだった。

入口もどことなく和風に見える格子の入ったガラスの引戸だった。

土居はバックでミニパトを駐めるとエンジンを切って外に出た。

つられるように真冬もクルマから下りた。

振り返ると、右手の伊根小学校の屋上の向こうに平田地区の集落と伊根湾と青島が見える。

海からかなり上ってきたことがわかった。

「なかで話を聞くから」

素っ気ない口調で言うと、土居は手振りで真冬を先に歩かせた。

引戸の右手には駐在所名を明記した表示板の下に「伊根の舟屋防犯ステーション」という看板も掲げられていた。

真冬が入口まで進むと、土居は引き戸をさっと開けた。

執務室は思ったよりもずっと手狭だった。

真冬は立派な板張りのカウンターの前に立った。

土居は駐在所内に入ると、カウンターの向こうの回転椅子に腰を掛けた。

背後には大きな地域の地図が貼られている。

執務スペースに土居が入るといっぱいになるような雰囲気だった。

カウンターの右手には、三人掛けと思われる木製のベンチが置かれていた。駐在所に木製ベンチは珍しい。

「そこに座って」

ベンチを指さして土居は指示した。

「はい」

真冬は引き戸を閉めてベンチのいちばん奥に座った。

入口付近に座って逃げようとしているように思われるのを避けた。

むろんのことだが、逃げるつもりはなかった。

「あのね、朝倉さんのさっきの行為は住居侵入罪に当たるんだよ」

土居はちょっと顔をしかめて切り出した。

「わかってます」

真冬は静かにうなずいた。

「伊根の舟屋は、観光客向けに有料で見学させている家を除いて個人の住居なんだよ。ライターさんなんだから、そのことは知ってるよね？」

土居は真冬の顔を見つめて訊いた。

「はい、知っています」

「ふつう、他人の家に勝手に入ったりしないでしょう？　おまけに写真まで撮ってたよね？」

詰め寄るような調子で訊いた。

「申し訳ありません」

真冬は素直に頭を下げるしかなかった。

「朝倉さんは旅行雑誌のライターだそうだね」

「ええ、フリーライターですけど、《旅のノート》や《トラベラーズ・マガジン》を中心に仕事をしています」

このウソは調査のためにはしかたがない。

「でも、旅行雑誌の取材のために、朝倉さんはあの舟屋に入ったわけじゃないよね」

真冬の目をじっと見て、土居は訊いた。

土居はただの駐在所員ではないような気がした。

尋問にどこか手慣れている感じがする。

「どうしてですか」

真冬の問いかけに、土居の表情が険しくなった。

「質問してるのはこっちなんだよ」

被疑者からの問いかけを許さないのは、刑事の尋問の原則だ。

「そうですね……」

「二三〇軒の舟屋からわざわざあの家を選ぶ理由がないでしょう」

土居は真冬を睨みつけた。

冷静で自分の感情をストレートに出さない警察官だ。

この表情も計算の上だろう。

そもそも土居は真冬の住居侵入を直接の問題としているわけではない。

つまり植木の殺人事件について、真冬の何らかの関与を疑っているようだ。

ただ、土居の真意はつかみにくい。

密書にあった京都府警内部の犯人側の人間であることを否定できるわけではない。

「そうですかね」

真冬としてはできるだけ答えを引き延ばしたかった。

土居が信頼できる人間なのかどうかがわからない。

「たとえば、伊根浦には有料で舟屋見学をさせている《幸洋丸》さんとか《喜左衛門》さんとかがあるわけだよ。なにもわざわざ亀島地区まで足を延ばしてあの舟屋に入り込む理由はないはずだけどね」

少しだけ語気を強めて土居は言った。

まさに正論だし、反論のしようがない。

「なるほど……おっしゃる通りですね」

答えに窮した真冬ははぐらかすような言葉を口にした。

「なぜ、あの舟屋に入ったか。その理由を教えてほしいんだよ」

淡々と土居は言った。

「それは……」

そろそろ真実を語ろうかと思っていたときに、外でクルマが停まる音が聞こえた。

4

「土居さん、不審人物だって」

ガラッと引戸を開けて黒いスーツ姿の男が飛び込んできた。

三〇代半ばくらいか、ベリーショートのヘアスタイルで長身のがっしりした男だ。

「おう、お疲れ。この人だよ。朝倉さんっていうんだ」

土居は入ってきた男に明るい声で答えた。

「俺は天橋立署刑事課の長倉っていう者だ」

胸を反らして長倉は名乗ったが、警察手帳の提示はなかった。

刑事が登場した。

あの程度の住居侵入で、わざわざ刑事が乗り出してくることはない。

やはり土居は住居侵入を問題としているわけではないのだ。

だが、さっきの土居の電話のようすからすると、本署がよこしたわけではなさそうだ。

「フリーライターの朝倉真冬です」

真冬は長倉に名刺を渡した。

「ライターか」

ひったくるように受けとった名刺を長倉はじっと見た。

「ちょっと話を聞かせてもらうぞ」

長倉は言葉に力を込めた。

「プロが来たから、わたしは自転車を返してくるよ」

土居は椅子から立ち上がった。

「大ベテランのプロがなに言ってんですか」

長倉の言葉を無視して、土居は右手を真冬に向けて差し出した。

「鍵は持ってるよね？」

「あ、はい」

真冬はあわてて自転車の鍵を渡した。

「保証金はあとで渡すから……ついでにパトロールしてくるから、帰りは遅くなるぞ」

土居は真冬の横をすり抜けて出入口に向かった。

「了解。行ってらっしゃい」

冗談めかして挙手の礼で長倉は見送った。

引き戸を開けると、土居は外へ出ていった。

長倉はベンチの真冬の隣に座った。

絶対に逃がさないぞという気迫を感じさせる。

「朝倉さん。あんた、なんだってあの舟屋に入り込んでたんだ」

最初から長倉はきつい口調で訊いてきた。

「あの舟屋になにかあるんですよね」

真冬はわざと答えをはぐらかせた。

「とぼけんなよ。わざわざ二三〇軒からあの舟屋を選んだのには理由があるんだろっ」

土居とは違って、長倉はせっかちに訊いてきた。

やはり経験の差なのだろうか。相手を萎縮(いしゅく)させるような尋問は得策とは言えない。

真冬には少し余裕ができた。

感情をあらわにする長倉の真意は摑みやすいはずだ。

こちらから情報を小出しにして、真意を探ってゆこう。

「遺体が発見された場所なんですよね」

あえて問題の殺人事件に真冬は触れた。

「やっぱりあの事件の関連か。なんの目的だ」

長倉の声は尖った。

「そうです、不審な事件を取材したいと思いまして」

「不審な事件だって？」

裏返った声で長倉は訊き返した。

「だって、発生から三ヶ月も経ってるのに、捜査は少しも進展していないのでしょ？」

真冬は長倉の目を見つめて訊いた。

「そんな報道されているのか？」

驚いたように長倉は訊いた。

「関係者の耳には入っていますよ」

マスメディアがそんなことを把握しているわけはない。

「本当なのか……」

長倉は言葉を失った。

「ええ、不自然に捜査が遅滞してるって」

言葉に力を入れて真冬は言った。

「それを取材しに来たのか」

眉間に縦じわを寄せて長倉は訊いた。

「さぁ、どうでしょう」

真冬は答えを保留した。

「ふざけるな。どこの社からの依頼だ?」

長倉は声を張り上げた。

「そんなに大きな声を出さなくても聞こえます。長倉さんはなんでそんなに怒るんですか」

ふたたび真冬は長倉の目を見つめて訊いた。

「捜査が進まないのは、京都府警の恥だ。俺はこんな状態が許せないんだ」

長倉の声は怒りで震えていた。

もちろんこの怒りは真冬に向けられたものではなかった。

「だからといって、ライターやマスメディアを責めても仕方ないです」

真冬は皮肉な声を出してみた。

「まぁ、そうなんだがな……」

長倉の言葉は濁(にご)った。

「いったいどうして捜査が進んでいないんですか」

真冬はさらに突っ込んでみた。

「難しい条件がいろいろとあるんだよ。詳しいことをあんたに話せるわけがないだろう」

いらだちを隠さずに長倉はそっぽを向いた。

「あらためて伺いたいのですが、長倉さんは現在の捜査状況をよしとしていないのですね」

真冬はくどく念を押した。

「あたりまえやろ。俺たちの庭先でコロシがあったのに、いつまでもその野郎の尻尾がつかめへん。このまんまでええはずがないやないか」

長倉は耳が痛くなるほどの声で答えた。

しかも京都訛りが飛び出した。

頬が少し紅潮している。

ずっと観察し続けたが、長倉はウソをついているようには思えなかった。

「わたしは、京都府警のなかに犯人と関係のある人物がいるとの噂を聞きましたが」

言葉を一語一語はっきりと発声して真冬は重要なことを口にした。

「そんなことあるわけ……ない……やろ」

長倉は途切れ途切れに答えた。

額に汗が滲んでいる。

「やっぱり、噂は真実のようですね」

長倉の態度に、真冬は密書の内容が事実であるとほぼ確信した。

少なくとも長倉は警察内部に不正が存在すると考えている。

「あんた、いったい何者なんや？」

かすれた声で長倉は訊いた。

「ライターですよ。フリーランスの」

真冬はしれっと答えた。

長倉の反応が見たかった。

「ウソつくな。そんなことライターが知っているはずがないやろ。府警の恥や。絶対に許されることやない。マスメディアに漏らすような不心得者がいるはずない」

怒りのこもった声で長倉は言った。

長倉が不正を許せないまともな感覚を持っていることは間違いない。

協力者になってもらえると信じようと真冬は思った。

「信じてもらえないようですね」

真冬はポケットから警察手帳を取り出した。

「同業者か?」

長倉の両目は大きく見開かれた。

「はい、警察庁の者です」

真冬は明るい声で身分証明欄を提示した。

「げっ、警視って?」

長倉は大きくのけぞった。

「実はわたしは長官官房の地方特別調査官という職にあります」

ほほえみを浮かべて真冬は言った。

「警察庁の警視殿でありましたか。失礼をしました」

眉を八の字に寄せて長倉は詫(わ)びた。

「なにも失礼なことはありません。長倉さんは職務に忠実ですね」

皮肉なつもりはなかった。

真冬を追及する長倉の態度からは真摯な情熱が伝わってきた。

「いや、その……あははは」

長倉は泣き笑いのような表情になった。

「お察しの通り、わたしは昨年一〇月中旬にあの舟屋で植木秀一郎さんの遺体が発見された殺人事件について調査しております」

真冬ははっきりとした口調で言った。

「しかし、朝倉警視、警察庁は捜査をしないのではないですか」

長倉は首をひねった。

「その通りです。ですが、わたしの職掌は、警察庁刑事局の立場から、各都道府県警本部の綱紀のゆるみや不正を発見することなのです。これは犯罪捜査ではなく、調査です」

真冬はきっぱりと言い切った。

「そのようなお仕事は監察の部署がなさるのではないですか」

ますますわからないという顔で長倉は訊いた。

「ええ。警察庁、管区警察局、都道府県警察に置かれた監察官は、最初から計画的に監察を行うことを目的に動きます。これに対して刑事局内にいるわたしの職務は不祥事の実態を調査し、監察に及ばずとも済むような軽微なものについては警告に留めて、事案は非公開で処理します。つまり、刑事部内部の自浄作用を円滑にすることが目的なのです。監察部局とは独立した調査ですが、事案の性質によっては監察官に送付することになります」

真冬は何度か説明した内容を長倉にも伝えた。

長倉は真剣な目つきで聞いている。

「先ほど口にした京都府警のなかに犯人と関係のある人物がいるという趣旨の話は、実は警察庁に届いた密書にあった内容なのです。さらにこの事件には大きな背景があることも密書は指摘しています」

協力を求めるからには、長倉には真冬の持っている情報は伝えるべきだ。

「そんな密書が……」

長倉は言葉を失った。

「警察庁では植木さんの事件の捜査が遅滞していることから、この密書の内容は真実ではないかと考えています。事件の真相を解明することで、京都府警内部の問題点が明らかになるとわたしの上司である明智長官官房審議官はお考えです。まずはこの舟屋事件の解明が優先課題です」

　真冬は言葉に力を込めた。

「ち、ちょっと待ってください……長官官房審議官ってものすごく上の人ですよね」

　長倉は舌をもつれさせて訊いた。

「警視監です。田村澄人京都府警本部長の二期下と聞いています」

　京都府警は規模が大きいためか、経験豊富なベテランキャリアが本部長に就任する。

「げげげ……」

　奇妙な発声で長倉は驚いた。

「で、朝倉警視は、お一人で調査にお見えなのでありますか」

　しゃちほこばって長倉は訊いた。

「はい、一人で伊根に来ました。本庁に一人だけ部下がいてわたしのサポートをしてくれています」

　真冬の部下には、今川真人という調査官補が配置されている。今川は二五歳のキャリアで階級は警部である。彼は本庁にあって真冬の調査の補助をしている。

「わたしは長倉さんに協力をお願いしたいんです。植木さんの事件の真相を解明したいのです」

真冬はやわらかい声で頼んだ。

「はいっ、喜んでお力になります。さっきも言いましたが、この事件の捜査遅滞は京都府警の恥です。犯人に協力しているようなヤツは許せないです」

張り切った声で長倉は言った。

「あなたは天橋立署の刑事課員ですね」

真冬は一応確認した。

「はい、強行犯係員で、階級は巡査部長です……」

きちょうめんな調子で長倉は答えた。

「では、誰かと組んでいるんですよね」

真冬は不思議に思って尋ねた。

長倉は単独行動をしている。

刑事としては珍しい状況だ。

「ええ……実は本部の若いヤツと組まされてるんですが、そいつがインフルエンザに罹っちゃって休んでるんです。まぁ、あと四、五日は復帰できないでしょうから、わたし一人で仕事するしかないわけです。もっとも相方はまだまだヒヨッコなんで、わたし一人のほうがいいんですがね」

のどの奥で長倉は笑った。

精鋭が抜擢される刑事課の刑事をヒヨッコ扱いするのはどうかと思うが、長倉の顔は自信にあふれていた。

「不幸中の幸いです。わたしは信頼できる長倉さんと事件に向かい合いたいのです」

真冬は本音の言葉を口にした。

「朝倉警視は僕を信頼して下さってるんですね」

嬉しそうに長倉は頬を染めた。

「もちろんです。だからこそ正体を明かしましたし、密書の話もしたのです。それから、ええと……警視はつけないでください。ただの朝倉でいいです」

いちいち階級を呼ばれるのでは、とても話しにくい。

「でも、うちの署長や副署長と同じ階級ですから……」

とまどいの顔で長倉は言った。

「わたしは捜査員ではありません。捜査は素人ですから、長倉さんが先輩です」

正直な気持ちだった。まだ、捜査については不慣れな真冬だった。

「そんなぁ……僕はそんなたいしたもんじゃありません。先輩と言えば、あの土居駐在はわたしの大先輩の刑事だったんですよ」

土居について敬意あふれる長倉の顔つきだった。

「そうなんですか」

真冬は自分の勘が当たったことが嬉しかった。

「はい、初めて刑事になった一〇年前に大変にお世話になった方です」

長倉はひたすらに土居を尊敬しているようだ。

「事情聴取がお上手なので、もしかして土居さんは刑事畑のご出身かと思っていました」

「うへっ、俺はまだまだですかね」

奇妙な声で長倉は頭を掻いた。

「わたしにそんなことを言う資格はありませんよ」

真冬はほほえんだ。

たしかに尋問は土居のほうが上手だった。

長倉は感情を表に出しすぎるきらいがある。

「では、土居さんは信頼できる方なんですね」

真冬は土居にも協力してもらいたいと思っていた。

「もちろんです。僕がいちばん信頼している警察官です」

長倉は声を張った。

「では、お帰りになったら事情をお話しします」

真冬は弾んだ声で答えた。

「現在、長倉さんはどんな捜査をしているんですか」

真冬の問いに長倉は急に浮かない顔になった。

「わたしは伊根浦集落周辺の地取りを担当しているわけです。ですが、いまのところ目撃者は一人も現れていないというのが実状です」

長倉は力のない声で言った。

「ところで、警察内部に犯人側の人間がいると長倉さんは考えているのですね」

真冬は話題を重要なことに変えた。

「はい……捜査から伊根を外そうとする動きに納得できないんです」

長倉の声には怒りに震えた。

「伊根を外す……ここは現場ではないですか」

意外な答えに真冬は驚いて訊いた。

「ええ、犯人が伊根の舟屋を選んで犯行を行った。さらに司法解剖の結果によれば、植木さんはこの伊根の海で溺死させられた可能性が高いのです。確定はできていませんが、犯人はあの舟屋の縁で植木さんの顔を海に浸けて殺し、遺体を和船に遺棄したとも思われます。伊根に詳しい者でなければできない犯行ですよ。ですから、犯人は伊根に関わりが強い人物に決まってますよ。ところが、捜査本部はこの点を少しも見ようとしない」

不快そうに長倉は唇を噛んだ。

「わたし、あの舟屋にはあっさり入れたんです」

犯人はあの舟屋のことを知っていたとしか思えない。

「もともと舟屋の一階部分は舟を腐食などから守るためのものです。だから乾燥させせるために風を通しやすい構造になっています。また、舟をすぐに出せるように、海側には壁や戸がないのが普通です。道路側も引戸を開ければ風がじゅうぶんに通るようになっています。さらに現在の伊根の舟屋には空き家が多いのです。所有者が亡くなって相続人がいない場合や、ほかの土地に移ってしまって管理できないケースもあります。犯人はあの舟屋が空き家で、左隣が蔵で人目がないことをじゅうぶんに知っていて選んだものと思われます」

考え深げに長倉は言った。

「そのお考えにはまったく納得です」

真冬は大きくうなずいた。

「ところが、わたしがそのような説明をしても誰もわかってくれない。初期には伊根にもある程度の人数を投入したんですがね。捜査の焦点は植木さんの人間関係についての鑑取りに絞られているんですよ。地取りの捜査が少しも進まないことから伊根の捜査はほとんど無視されているような感じです。いまはわたしの組だけですよ」

長倉はふて腐れたように言った。

「それは誰の指示なんですか」

真冬は長倉の目を見つめて訊いた。

「おもに捜査一課の古田重則管理官ですね。ですが、大須賀康雄捜査一課長も同意しています。誰の指示かははっきりしません。もっと上のほうかもしれません」

長倉は言葉を濁した、

「なるほど……管理官や捜査幹部、それより上の人かもしれないんですね」

古田と大須賀の名前を真冬は頭に刻みつけた。

そこへ土居が帰ってきた。

5

「話は聞けたかな」

やわらかい声音で土居は訊いた。

「土居さん、お帰り。朝倉さんは不審人物じゃないよ」

長倉は明るい声で言った。

「ほう、それならいいんだ」

土居はあっさりと言った。

真冬や長倉の横をすり抜けて、土居はカウンターの向こうの椅子に座った。

「よかぁないんだ。朝倉さんは警察庁の警視でいらっしゃるんだ」

長倉は口を尖らせた。

「ほう、あなたは警察庁のキャリアですか」

土居は平坦な声で言って真冬の顔を見た。

「すみません、ライターだなんて言って」

真冬は頭を下げて詫びた。

「いや、お仕事の性質でしょう」

土居はこだわりない調子で答えた。

「朝倉さんはね、舟屋殺人事件の調査にお見えなんだよ」

長倉は得意げに言った。

「へぇ、あの事件の」

驚いたように土居は言った。

「わたしは警察庁の長官官房で地方特別調査官という職に就(つ)いております……」

真冬は土居にも自分の職責について説明した。

「そんなお仕事があるなんてまったく知りませんでした」

土居は目を瞬(しばた)いた。

「まだ設置されたばかりなんです」

真冬は肩をすぼめた。

自分の仕事ぶりによっては、地方特別調査官の職はなくなるかもしれないのだ。

「それにね、土居さん。警察庁では府警内部の不正も調査しているんだそうだ」

長倉は嬉しそうに伝えた。

「そうか……」

土居はのどの奥でうなった。

「はい。警察庁に『事件には大きな背景がある。京都府警内部にも犯人に協力する者がいる』という旨の密書が届きました。そこで、わたしの上司である長官官房明智審議官は京都府警内部の調査を命じたのです。そのためにも、まずは舟屋殺人事件の真相解明をしていく必要があります」

真冬はきっぱりと言った。

「本当ですか」

土居は身を乗り出した。

「俺に協力してほしいっておっしゃるんだよ。土居さんも力になってくれるね」

長倉は歌うように言った。

「はい、ぜひ土居さんにもわたしの調査に協力して頂きたいです」

真冬はしっかりと頭を下げた。

「しかし、わたしはただの駐在所員です。そんな大任が果たせるとは思いません」

首を横に振って、土居は尻込みした。

「土居さんは、長倉さんがいちばん信頼する警察官だと言っていました。ぜひ、お力をお貸しください」

真冬は熱を込めて頼んだ。

「なるほど……まぁ、わたしはこの地区についちゃ詳しいんで、多少はお力になれるかもしれません」

謙遜（けんそん）気味に土居は引き受けた。

「ありがとうございます」

真冬はふたたび頭を下げた。

「まぁ、わたしなんぞにあまり期待しないでくださいよ」

土居は自嘲気味に笑った。

「一つだけ教えてください」

真冬は土居の顔を見て言った。

「なんでしょう？」

土居は首を傾げた。

「土居さんは、植木さんの遺体の第一発見者ですよね」

「そうですよ」

気負いなく土居は答えた。

「そのときの状況について教えてください」

少しでも詳しい情報が知りたかった。

「教えるほどのこともないけどね。あの日……去年の一〇月一六日の水曜日です。わたしは朝のパトロールに出ました。あの日は天気もよかったしスクーターでした。亀島地区はいつものように観光客も少なく、出会う人もまれでした。で、現場建物の前を通りかかったら、鳥が騒ぐ声がやたらと聞こえるんです。トビとカラスがケンカしているような声も聞こえた。伊根にはウミネコやトビ、カラス、ウミウとたくさんの鳥が棲んでいますが、たいていは同じような鳴き声が聞こえてくるもんです。鳥たちも一定の秩序を保って暮らしてるんですね。ところが、あの日は違った。いつもとはまったく違う激しさでした。これはなにか起きているに違いないと思いました。正直言うと、野良ネコでも死んでいるんじゃないかと思ったんです。伊根では野良ネコはそうたくさんはいませんが、漁場ですからね。皆無とは言えない。わたしはあの舟屋が空き家であることを知ってました。所有者から管理を任されている老人はいい人ですが、寄る年波で足腰が悪くてあまり見に来ない。そこで、朝倉さんと同じように左隣の蔵との間の通路から舟屋の外側に出たんです」

　土居はちょっと言葉を切って、真冬の日を見つめた。

「そうしたら、どうでしょう。何羽かのカラスが飛び去りました。舟屋に引き揚げられた和船のかたわらにベージュのジャンパーを着た一人の白髪の男性が倒れていたのです。あの和船は伊根から宮津あたり特有の舟で、トモブトと呼ばれるものです。長さが七・五メートルほど、幅は一・一メートルくらいですかね。大変に細長い舟で、むかしは二艘を横に並べて固定し使うこともあったようです。現代では大変に少なくなっています。とにかく、あのトモブトに一人の老人がうつ伏せに倒れてたんですよ。ひと目見て駄目だとわかりましたが、いちおう頸動脈などで心拍を確認しましたが、脈拍はありませんでした。血などは流れておらず、わたしにはとくになんの臭いも感じなかったんですが、鳥たちは死臭に気づいてたかっていたんでしょうね。現場を荒らさないように気をつけて通路へ戻ると本署に連絡したというわけです」

土居は淡々と語ったが、鳥の鳴き声で異状に気づくとは日々地域を丹念に観察しているからに違いない。土居がパトロールしていなければ、遺体の発見はもっと遅れただろう。

「その際になにかお気づきになったことはありませんか」

真冬は観察眼の鋭い土居がなにかを発見していないか知りたかった。

「やはりあれは溺死させられたんでしょうね。和船が収納されていただけにあの舟屋の収納庫はむかしながらにスロープ状になっていましたから。あのスロープに顔を押しつけて海水に浸ければ溺れさせることができます」

　考え深げに土居は言った。

「司法解剖の結果が裏づけています。植木さんの肺からは伊根と同成分の海水が検出されていますし、また、あごに打撲痕、両腕に擦過傷が見られます。土居さんの言うように、スロープの海水に顔を押しつけて溺死させて和船のなかに死体を遺棄したと考えて不思議はありません」

　長倉がきまじめな調子で捕足した。

「最近は伊根でも舟を持つ家は減ってきています。そういった家では海に浸るような部分はコンクリートで埋めて平らにすることが多いです。物置にしたりクルマの車庫にしている家も珍しくはありません。舟を所有していても動力を持つ舟などは舟屋に収まり切りませんから、舟屋の前に係留することになります。やはり建物内は改装している場合が多いです。犯人はあの建物が昔ながらの舟屋ということをよく知っていたと考えられます」

　土居の言葉は、長倉の主張を強化する内容だった。

「やはり犯人は伊根に詳しい人間ですね」

真冬はしみじみとした声で言った。

「そればかりではありません。あの家の左隣は蔵で人目がない。右隣は実は一昨年から空き家なのです。犯人はそのあたりもよく知っていて、現場の舟屋を選んだものとしか考えられません」

土居は断言した。

「ですから、伊根の捜査が重要なのです」

長倉は我が意を得たりとばかりにうなずいた。

「よくわかりました。ありがとうございました」

真冬は土居に向かって頭を下げた。

「ところで朝倉さん、今夜の宿は取ってありますか？」

長倉がとつぜん話題を変えた。

天橋立付近に豪華な旅館やホテルはたくさんあるが、宮津市内にはビジネスホテルがなかった。

また、伊根町には何軒もの民宿があるが、冬季休業のところも少なくない。さらに観光客に人気があるのか、空いている宿が見つけられなかった。伊根町の山の上に奥伊根温泉という温泉旅館があって、眺めがよさそうで、料理も美味しそうだった。残念ながら、こちらも満室だった。

どうやら伊根は人気の観光地であるらしい。

「伊根や宮津では予約が取れなかったんです。仕方がないんで、京丹後市の峰山(みねやま)というところのビジネスホテルを予約してあります」

真冬は浮かない声で言った。

「峰山じゃ伊根から小一時間は掛かりますね。ねぇ、土居さん、朝倉さんの宿を見つけられないかなぁ」

長倉は甘えるような声で言った。

「まぁ、峰山のホテルはネットで予約したんで、もう料金は支払ってあります。キャンセルの電話を入れればいいんですけど……できれば今夜も明日の晩も伊根に泊まりたいんですよね」

あの細い道を何度も往復するのは避けたかった。

今夜はルームチャージだし、戻ってこない宿泊料もたいしたものではない。長倉の話から真冬は伊根に本拠地を得たかった。

「うーん、あそこなら取れるかもしれんな」

土居は低くうなった。

「心当たりがあるのかい？」

長倉は元気よく訊いた。

「ああ、亀島地区でね、食事の提供はないんだけど舟屋の宿なんだ。で、この正月に商売を始めたばかりなんで知名度が低くて、平日は空きが多いってぼやいてた。朝倉さんは《舟屋ハウス》って宿は調べたかな？」

土居は真冬の顔を見て尋ねた。

「いえ、その宿は知りませんでした」

ネットで調べたときにはヒットしなかった。

「ちょっと待っててね」

土居はスマホを取り出した。

「こんにちは、駐在の土居です……いやいや、こちらこそ。急で悪いんだけど、今夜、空いてないかなぁ。わたしの知り合いの方なんだ。女性お一人でね。二泊したいんだって……そう、大丈夫。じゃあ後でお連れするから、よろしくお願いします。ありがとう」

　電話を切った土居は満面の笑顔を真冬に向けた。

「空いてるって。あとでご案内しますよ。素泊まりで一泊一万だけどいいかな？」

　明るい声で土居は訊いた。

　素泊まりで一万は安くない料金だが、伊根に泊まれるのはありがたい。

「もちろんです。よろしくお願いします」

「伊根は朝ご飯食べるお店が一軒しかないからね。朝食は伊根の宿に泊まったお客さん専用のデリバリーサービスのお店があるから、そこを使うといいです。朝食セットを頼んどいてあげるよ。何時がいいですか？」

　土居はにこやかに言った。

「早いほうがいいです」

　明日も早くから動きたい。

「では、いちばん早い七時半で頼んどきます。ＯＷＡＮってお店です。代金は配達されたときに現金で支払ってください」

　にこやかに土居は言った。

「なにからなにまですみません」

真冬はていねいに頭を下げた。

宿泊施設や交通手段や食事などについて詳しく調べるヒマがなかった。

ここは都会ではないのだ。

土居たちと会えなかったら、さぞ不便だっただろう。

何から何まで親切な駐在さんだ。

「宿と朝食は決まった。となると、夕飯だな。朝倉さん、お腹空いてる？」

長倉は真冬の顔を覗き込むようにして訊いた。

ここにも親切な人がいた。

「昼ご飯食べてないんでペコペコです」

真冬は情けない声を出した。

「いや、申し訳ない。わたしが連行して来ちゃったからな。今日は家内が久美浜の妹のところに行ってるんで、なにも用意できないんだよ。そう言えば茶も出してないな。すみませんねぇ。えらい人なのに」

土居は肩をすぼめた。

「とんでもないです」

真冬は恐縮してちいさくなった。

「俺が美味い店に連れてくよ」

自信ありげに長倉は背を反らした。

「美味い店だって？」

土居が長倉の言葉をなぞった。

「ああ《日出鮨》だよ。朝倉さん、寿司は大丈夫ですよね？」

長倉は真冬の顔を見て訊いた。

「大好きです。魚介類はなんでも好きなんです」

ついつい真冬も弾んだ声を出した。

「伊根に来たら、そう来なくちゃ」

弾んだ声で長倉は言った。

「ああ、あそこはいいね。じゃあ、わたしもたまにはご一緒しようかな」

土居はうなずきながら言った。

「奥さんはいいのかい」

気遣わしげに長倉が訊いた。

「あいつは今夜は久美浜泊まりだよ。インスタントラーメンでも作ろうと思ってたとこさ。ちょうどいい」

陽気な声で土居は答えた。

「そうか、じゃあ一緒に飯食おう。宿には俺が送ってくよ」

長倉は嬉しそうな声で言った。

「クルマを伊根浦公園の駐車場に駐めてあるんです」

真冬は駐車場のことを忘れかけていた。

「そうか、じゃあ朝倉さんは僕が宿まで送りますよ。土居さん、《舟屋ハウス》って慈眼寺(じげんじ)の向かいあたりにできた宿だろ？」

「うん、そうだよ。あの新しい宿だ」

「わかった。あ、そうだ。寿司屋に予約入れとこう」

長倉がスマホを取り出したので、真冬も京丹後市のホテルにキャンセルの電話を入れた。

食いしん坊の真冬は嬉しくなってきた。

この季節だと、伊根ではなにが食べられるのだろう。
土居に連行されて、長倉にも知り合えたことを真冬は神に感謝した。

第二章　入江のきらめく夢

1

土居を駐在所に迎えに行ってから、連れて行かれた《日出鮨》は、伊根町役場へ向かう坂の途中にあった。

カウンター席が八席しかないちいさな店だった。

店はまだ新しく、和風で個性的なインテリアでシックな店内だった。

天井からは色とりどりの番傘が吊り下げられている。

寿司店というよりも旅館のロビーをちいさくしたような雰囲気があった。

カウンターの向こうに立つ主人は髪の毛が真っ白な七〇歳前くらいの老人だった。

なんとなく、池波正太郎(いけなみしょうたろう)の『剣客商売(けんかくしょうばい)』に出てくる秋山小兵衛(あきやまこへえ)を思わせる。

テレビドラマではなくコミックのほうだ。

物静かで明るいが、いざ剣を抜くと無双の達人といったイメージだ。

メニューは基本は税別五〇〇〇円の鮨定食のみだった。

時間が早いせいか、ほかに客はいなかった。

真冬はいちばん奥の席に座り、長倉、土居の順で席に着いた。

「珍しいねぇ。駐在さんが見えるなんて。一〇月のオープン以来じゃないか」

主人が土居の顔を見て、からかうように言った。

「いや、由利(ゆり)さん、ご無沙汰して申し訳ない。なかなか時間が取れなくてね」

土居は照れ笑いを浮かべて頭を掻いた。

もちろん制服は脱いでジャンパー姿だ。

駐在所員は基本は日勤なので、夜間は自由時間だ。

「いいんだよ。うちはここの泊まり客の人と、遠方から食べに来てくれるお客さんでいつも満席なんだ」

まじめな顔で由利は答えた。

「順調なようだね」

にこやかに土居は言った。

「なんだか調子いいよ。やっぱり伊根の魚は最高だからね」

由利は人のよさそうな笑顔を浮かべた。

「マスターんとこは伊根の美味いもんを食わせるって評判だからな」

土居は笑顔を絶やさずに続けた。

「そう、米も野菜もできるだけ伊根町産のものを使ってるからね。地産地消ってやつだな。まじめに地産地消してるのがウケているみたいだ」

由利は相好を崩した。

しばらく待つとお通しが出てきた。

真冬は東京で待機している今川に食レポを送るためにスマホを取り出して写真を撮った。

お腹が空いている真冬は、さっそく男性の親指くらいの寿司に箸を伸ばした。

「なに、これ美味しい」

真冬は思わず叫んでしまった。

「ミョウガの寿司です」

由利がそっと言った。

「初めて食べました」

漬け込んだミョウガの甘さと酸味の加減がほどよく、酢飯ともよく合っている。

隣の小鉢に入っている風呂吹き大根も出汁が良く染みこんでやさしい味わいだった。

「お酒飲みたいな……」

真冬の口からつい本音がこぼれた。

「クルマ、伊根浦公園の駐車場に駐めときゃいいじゃないですか。僕が宿まで送りますよ。明日の朝も迎えに行きますから、心配ないです」

長倉が明るい声で請け合った。

「せっかくだから、伊根の地酒を飲んでみてくださいよ」

土居も誘うように言った。

「伊根には地酒もあるんですか」

そう言えば遊覧船から酒蔵のような古めかしい建物が見えていた。

「ええ、平田に向井(むかい)酒造って酒蔵があります。『海に一番近い酒蔵』を名乗っていますが、舟屋と同じくらい海際に建っています。珍しい女性杜氏もいらっしゃるんですよ。向井酒造の酒は、ほら、そこにも並んでる」

由利の後ろの棚の上に並んでいる何種類かの一升瓶を土居は指さした。

「じゃあ、お言葉に甘えて」

真冬はかるく頭を下げた。

「そのほうがいい。土居さんも駐在所まで送ってくから飲みなよ」

弾んだ声で長倉は言った。

「ま、最初から歩いて帰るつもりはなかったんだけどね」

ケロリとした顔で土居は言った。

「現金だな。まぁ、今夜は運転手役に徹しますよ」

長倉は苦笑を浮かべた。

「頼んだよ。そうだな、わたしは純米大吟醸にしてもらおうかな。一合、冷酒で」

土居は黒っぽい一升瓶に白いラベルを指さした。

「はいよ」

由利は酒器の用意をしながら返事した。

「わたしも同じお酒で一合、冷酒でお願いします」

真冬ははしゃいだ声で頼んだ。

冷酒器で供された『京の春　純米大吟醸祝米』に、真冬は待ちかねたように口をつけた。

すきっとしてかるい飲み口で旨味も豊かだが、よくある大吟醸酒のような華やかな香りは感じられない。至って上品な味わいで、『京の春』という銘柄にふさわしいかもしれない。

「この酒はね、京都府が力を入れて復活させた『祝』を四〇パーセント精米した酒なんですよ。この酒米は京都だけで流通しています。食事に合うようにあえて華やかな香りを抑えているそうです」

土居は自分のことのように自慢した。

続いて出てきたのは、お造りだった。

黒い板皿に、ブリ、真鯛、マグロなどが美しく盛られている。

写真を撮ってから、まずは旬のブリに箸を伸ばす。

「うーん」

真冬はうなってしまった。

「なんて言うんでしょうか。脂が乗っているのに、ぜんぜんくどくないんですよ。それに旨味たっぷり！」

自分でも恥ずかしいくらいに真冬ははしゃいでしまった。

「伊根は、富山県氷見(ひみ)市、長崎県の五島列島と並んで日本三大ブリ漁場と言われていますからね」

由利は自慢げな声で言った。

「そうなんですか。とにかく美味しいです」

真冬は自分の語彙(ごい)の少なさに頬が熱くなった。

氷見の北の宇出津(うしつ)で食べた『宇出津港のと寒ぶり』も美味しかったが、まったく負けていない。むしろ勝っているかもしれない。

「伊根ってとこは、江戸時代の初めに京極(きょうごく)の殿さまの領地になった頃から好漁場として全国に知られていたんですよ。クジラ、イルカ、ブリ、マグロ、カツオ、イカなどがたくさん獲(と)れました」

さらりとした口調で由利は言った。

「クジラですか！」

　真冬は思わず叫んだ。

「ええ、室町時代くらいから伊根の鯨漁の記録が残っています。セミクジラ、ザトウクジラ、コククジラ、ナガスクジラなどが獲れたようです。イワシを追いかけて湾内に入ってくるクジラを村中総出で捕まえたようです。大正時代くらいまでは続いていたようでね」

　由利はなんのことはないように言った。

「日本海でクジラ漁が行われていたとは知りませんでした」

　真冬は信じられない思いだった。

　下の入江に大きなクジラが入ってきて、村人が和船で取り囲む姿は想像するだけでも勇壮だ。

「そうだね。三陸海岸、安房（あわ）沖、遠州灘（えんしゅうなだ）、土佐湾、三浦、西海（さいかい）地方あたりが有名ですからね。わたしも伊根以外の日本海側でクジラ漁が行われていたという話は知りません」

　由利は鮮やかな仕草で包丁を使いながら答えた。

「伊根はすごいところですね」

ここの豊かな漁場が舟屋という独特の文化を生んだのだろう。

ちいさな漁村なのに、江戸期からの造り酒屋が続いているところにもその豊かさは感ずる。

「残念ながら、現在ではクジラ漁やイルカ漁は行われていませんが、いまでも名産はブリです。『伊根はよいとこ　後は山で　前は鰤（ぶり）とる　鯨とる』と唄われてきたほどです。ここのブリは江戸時代から伊根ブリとか、丹後ブリとか呼ばれていて京極家から本庄松平（ほんじょうまつだいら）家に至る代々の殿さまに献上していたんです。それで伊根はいろいろと優遇されていて、ふつうの漁師たちが羽織を着ることさえ許されていました。だから、伊根の漁師はプライドが高いです」

由利はあいまいな笑いを浮かべた。

美味しいものは続いた。

「わっ、ブリしゃぶ！」

真冬は歓声を上げた。

奉書紙の紙すき鍋にブリの切り身と野菜がきれいに並べられ、固形燃料で出汁（だし）が煮えている。

「うちで使っているブリは伊根の定置網で獲れた天然物だけだからね。それに一〇キロ以上の大物を使ってます。脂のノリが違うからね」

由利は背筋を伸ばして答えた。

「歯ごたえが違いますね。それに出汁が美味しい」

そうなのだ。たとえば冬の養殖ブリは脂が乗りすぎていてフニャフニャしていて味もくどい。だが、伊根のブリはしっかりした歯ごたえとさわやかな旨味を持っている。甘さが控えめの出汁との相性は抜群だ。

これもまた期待以上の美味しさだった。

「ブリしゃぶ。すっかり有名になっちゃったけど、むかし、わたしたち宮津市の旅館組合青年部で考え出した料理なんですよ」

由利は照れたように笑った。

「へぇ、マスターは旅館にお勤めだったんですか」

真冬が興味を持って聞いてみると、由利は天橋立近くの料理旅館で長年、料理長を務めていたそうだ。

真冬が予約を取れなかったあの人気旅館だ。

ブリ、イカ、マダイ、スズキ、ヒラメの昆布締め、へしこなど……。

最後は一〇貫の寿司だった。

やはりいちばんの狙いはブリだ。

塩で食べるブリは繊細で、ほのかな甘みと豊かな旨味を味わえた。

へしこは同じ若狭湾でも福井県沿岸部の名産で、サバなどを塩漬けにして米糠（こめぬか）に漬け込んで一年以上経たものだ。独特の香りと旨味はクセになるかもしれない。

こんな素晴らしいコースが五〇〇〇円とは本当に信じられない。

ちなみに美味い美味いといって食べていた長倉と自分の分のブリ寿司を真冬は追加で頼んだ。

「ところで、由利さんは亀島の舟屋で遺体が発見された殺人事件は覚えているだろ？」

しめの赤だしを飲みながら、土居が急に事件の話を振った。

「ああ、怖いね。この伊根で人が殺されたなんてね。わたしは何十年と伊根の住人だけど、一度もそんな話は聞いたことないからね」

由利は包丁を握ったまま、身をぶるっと震わせた。

「ちょっとした騒ぎになったよね」

　土居は世間話でもするような調子で続けた。

「ああ、うちの店でもよく話題に上った。だけど、人の噂も七五日っていうけど、最近は誰もそんなことは忘れちゃったみたいだな。人間は忘れる動物なんだな」

　由利は複雑な表情を見せた。

「植木さん、この店には来なかったかな？」

　なにげない調子で土居は訊いた。

「一回だけ見えたよ」

　ぽつりと由利は答えた。

「そうなの？　聞いてないよ」

　土居の声は皮肉な感じはなかった。

「だって、その後、土居さん、一度もうちに来なかったじゃないか。話すヒマなんかないよ」

　由利はかすかに笑った。

「そうだね。それにわたしはあの事件の捜査をしているわけじゃないからな」

土居は肩をすぼめた。

「大ぬかりだったな……俺もここへ来りゃよかった」

長倉が悔しそうに言った。

「はい？」

由利は奇妙な声で聞きとがめた。

「あ、俺は天橋立署の長倉と言います。植木秀一郎さん事件の捜査本部にいます」

いまさらながらに長倉は名乗った。

「刑事さんか……それにしちゃ人相がいいな」

皮肉っぽい口調で由利は言った。

「えへへ、いまは美味いもん食ってるからですよ。ところで、こちらにはうちの署のもんが来なかったですか」

長倉の問いに由利はうなずいた。

「感じの悪いのが二人来たよ。で、植木さんって人を知らないかって訊いてきたから、一度、オープンしたての頃に食べに来たけど、それしか知らないって答えたら、礼も言わずに帰っていったよ」

素っ気ない調子で由利は答えると、長倉はちいさく舌打ちした。

「あいつら使えないな……それで、マスターは植木さんについてなにか話したのか」

長倉はいくらか強い調子で訊いた。

「うん……そんときは一人で来たんだけど、植木さん、けっこう飲んでてね。帰るときはベロベロだった」

由利はかるく顔をしかめた。

「なんか話してたことを覚えてませんかねぇ」

長倉は由利の顔をじっと見て訊いた。

「そうそう『伊根浦にはわしの大きな夢が眠ってるんでー』なんてことを何度も言っていたなぁ」

由利は天井を見上げて思い出すように言った。

「伊根浦には自分の夢が眠っているって言ってたんですか……」

自分の夢か……真冬はその言葉の意味を考えながら念を押した。

「うん、同じことばかり三回くらい繰り返してた。よっぽど伊根がお好きなんだなぁと思いましたね」

由利はかるく首をひねった。

「ほかにはなんか言ってませんでしたか」

長倉は気負い込んで訊いた。

「とくにないね。秋イカを喜んで食べてたことくらいかな……イカも伊根の名産だからね。伊根じゃ、アオリイカを秋イカ、ヤリイカを冬イカって呼んでます。今日のお造りとお寿司のイカはヤリイカです」

笑顔に戻って由利は説明した。

「めちゃめちゃ甘かったです」

真冬は声を弾ませた。すばらしく透き通って甘く抜群の歯ごたえだった。

寿司に入っていた細かい包丁もよかった。

「酔っ払った植木さんは伊根に泊まったのかな」

土居がさりげなく訊いた。

交通の便がよくない伊根のことだ。夜間に酔っ払って帰るのには困難が伴うだろう。

「なんだかタクシーを借り切ってたみたいで、どこかへ電話するとすぐにクルマが来たな。宮津のタクシー会社のようだったね」

由利はすんなりと答えた。

「伊根にはタクシー会社がないからね。しかし、宮津だって二軒しかないはずだ」

土居が目を光らせた。

「タクシーの情報は捜査本部でも摑んでいます。植木さんは運転免許は持っているが、ほとんどペーパードライバーでふだんからタクシーをよく利用していたそうだ。一〇月五日はこちらにも寄ってたんですよね。だから、捜査員がこちらの《日出鮨》さんを訪ねたんです。その日は午前一〇時くらいに、植木さんは宮津市の自宅にタクシーを呼んで貸切で利用しています。でね午後九時頃に帰宅しています。運転手の話によると、ずっと伊根にいてあちこちをまわったそうです。同じように九月にも二回ほど貸切で伊根をまわっていたみたいですね」

長倉は詳しく説明した。

やはり植木には、伊根に対する強いこだわりがあったようだ。

「ほかに植木さんについてなにか記憶に残ってないかな」

土居は長倉が訊いたことをしつこく念を押した。

「いや、ないね」

由利は静かに首を横に振った。

「そうか……そろそろお勘定をお願いしようか」

お茶を飲みながら、

「あ、ここはわたしが」

真冬は財布を取り出した。

「いやいや、それは駄目だよ」

土居が顔の前でせわしなく手を振った。

「いいんです。いろいろお世話になってますから」

真冬は無理押しして現金で支払った。

これだけの素晴らしい食事なのに驚くほど安かった。

三人組の四〇歳くらいの女性客が楽しそうに笑いさざめきながら店に入ってきた。

いつの間にか手伝いの女性も、店の奥から現れた。

「また、皆さんでいらしてくださいね」

カウンターの向こうから由利は陽気な声であいさつしてきた。

「一生忘れられない夕食になりました。ありがとうございました。また来ます」

床に立った真冬はきちんとお辞儀をして謝意を伝えた。

由利は照れたように笑って頭を下げた。

2

店の外に出ると、無数の星が夜空に紗を掛けたように輝いていた。

ことに海の方向は、信じられないほどの明るさで星が光っていた。

灯りが少なく、空が暗いことも伊根の財産かもしれない。

三人は長倉の運転する覆面パトカーで海に向かう坂道を下り始めた。

真冬が後ろに座り、土居は助手席に座った。

「俺も《舟屋ハウス》さんに行くよ。ひと言あいさつしときたいし……」

土居はクルマが走り始めるとすぐに言った。

覆面パトはあっという間に伊根浦公園や伊根郵便局を通り過ぎて、亀島地区の民家が並ぶ通りに入った。

「そろそろじゃないか」

おぼつかなげに長倉が言った。

「右側の二軒目に灯りが点いてる看板があるだろ。あそこだよ」

土居は道路の海側を指さした。

「おお、あそこか。洒落た宿だな」

長倉が真新しい二階建ての三角屋根を見ながら言った。

白熱灯色の照明で白木に「ＦＵＮＡＹＡ－ＨＯＵＳＥ」という銀色の文字が光っている。

覆面パトは宿の横に設けられた一台分の駐車場にすんなりと乗り入れた。

真冬たちは次々にクルマから下りた。

「一階で受付してください」

ガラスの入った引戸の横に設置されたインターホンのボタンを押しながら、土居は言った。

「はい」

すぐに若い女性の声が返ってきた。

「晩なりましたー。駐在の土居です」

土居は建物内に明るく声を掛けた。

「ああ、こんばんは。いま開けます」

女性の声と同時くらいに引き戸の鍵が開く音がした。

「入ってください」

土居は引き戸を開けた。

室内に入ると、狭い空間にカウンターだけが設けられていた。

オレンジ色のフリースパーカーを着た二〇代半ばくらいの丸顔の女性がカウンターの向こうに立っている。アルバイトの女性だろうか。

「すみませんね、とつぜん無理言って」

土居は愛想よく言った。

「いいえ、今夜も明日の晩も空いてましたから」

女性はにこやかに答えた。

「それでも半額にしてもらって申し訳ない」

土居はかるく頭を下げた。

一万円というのは半額なのだ。

「空けとくのももったいないんで」

笑みを浮かべたまま、女性は言った。

「こちら東京からお見えの朝倉さん。わたしの大切なお客さんなんです」

ていねいな調子で土居は真冬を紹介した。

「朝倉です。よろしくお願いします」

真冬はきちんと頭を下げた。

「いらっしゃいませ……駐在さんのご紹介なら間違いないからありがたいです。こちらにお名前などをお願いします」

女性の指示に従い、真冬は宿帳に氏名等を記入し、二泊分の宿代を支払った。

複写の一枚にスタンプを押して、女性は領収証として渡してくれた。

「一階は漁の作業場になっています。明け方頃、舟が出てゆくのでちょっと騒がしいかもしれません。お部屋は二階のフロアすべてとなります。鍵はお帰りのときに外のポストにお返しください。では、ごゆっくり」

女性が頭を下げた。

外へ出た真冬は改めて建物を見た。

受付とは直角の位置にＧＵＥＳＴＲＯＯＭという札が掛った二階へ続く木扉が設けられていた。

黒い塗装の木造で二階ぜんぶだとするとかなり広い。宿というより貸別荘という感じだ。

もちろん、すぐ向こうは海だ。

それに……。

「現場に近いんじゃないんですか」

はっきりとは覚えていないが、ここへ来る途中の民家には見覚えがある気がする。

「ここから百メートルくらい奥かな」

涼しい顔で土居は答えた。

偶然だろうが、落ち着いて眠れない気もする。

「わたしたちもちょっとお邪魔していいかな？　まだ話したいこともあるんですよ」

遠慮深い調子で土居は言った。

「もちろんどうぞ。大歓迎です」

真冬はにこやかに答えた。

事件の話をもう少し続けたいのは同じだった。

受付のすぐ横にあるしっかりしたアルミドアの鍵を開けて真冬たちは建物内に入った。

ちいさな玄関から急傾斜の木製階段が室内に続いている。

真冬は先に立って階段を昇った。

「うわーっ。豪華」

真冬は部屋の引き戸を開けて驚いた。

ワンルームだが、かなりひろい。

右手にはきれいなツインのベッドが並んでいる。

残念ながら、誰かが片側を使うことはない。

さらに左手にはファブリックのソファセットやカフェテーブルもあって、食事やコーヒータイムが楽しめるようになっている。

いちばん気に入ったのは、ソファの向こうの大きな窓から見えるバルコニーだった。

朝になったら、バルコニーの椅子に座って対岸の平田地区の舟屋を眺めながら、コーヒーでも飲もう。

「とにかく、座ってください」

真冬は長倉と土居を促した。

二人はそれぞれに頭を下げてソファに座った。

「朝倉さん、もう飲めませんかね？」

土居が予想もしないことを口にしながら、デイパックから四合瓶とビーフジャーキーを取り出してきた。

「え……」

真冬はとまどった。

早くから夕食をとっていたので、まだ八時前だった。

今川への食レポはどうでもいいが、明智審議官への連絡をしなければならない。

今日の成果を報告し、今後の指示を仰ぐ必要がある。

だが、真冬は寿司屋で一合の日本酒を飲んだだけだ。

日本酒なら四号瓶くらい空けてもどうということはない。

「はい、ぜひ」

真冬は声を弾ませて答えた。

にこやかにうなずくと、土居は部屋のシンク付近にあるコップを出して来た。

「向井酒造の『豊漁』です」

真冬の前に置いたコップに土居は透明な液体を注いだ。

「いいなぁ」

長倉は眉根を寄せた。

「おまえは運転手役に徹するんだろう」

土居はウェルカムドリンクのミネラルウォーターを長倉の前に置いたコップに注いだ。

「わかってますよ」

ふて腐れたように長倉は答えた。

「かなりの辛口ですね。すっきりしています」

寿司屋で飲んだ純米大吟醸よりはるかに辛口だ。米の旨味が感じられる。

「日本酒度＋一八、お酒自体は新しく生み出されたものですが、銘柄の『豊漁』は江戸時代に向井酒造が出していたものを復活させたそうです」

そんなことを言いながら、土居はビーフジャーキーをかじりグイグイと飲んでいる。

意外に知られていないが、ビーフジャーキーと日本酒は合うのだ。

「伊根ではふつうの民宿も数軒ありますが、最近はこのようなタイプのおしゃれな宿がポツポツと増えてきました。たいていは食事の提供はしていません。カップルはもちろん、グループ利用するお客さんも多いので、六人用に一棟貸ししているような宿も増えています」

さすがに土居は伊根の事情には詳しい。

「宿というより貸別荘に近いですね」

真冬の感覚では宿というよりコテージだ。

「ええ、ただ、室内で調理できないところが違うと思います」

「なるほど……」

たしかにこの部屋にシンクはあるが、コンロなどはない。

旅行の形態も多様化しているのだろう。

「ところで、事件の話の続きだが、たしか植木さんは資産家で財テク好きだったよな」

捜査情報に関わることを外部の人間の前で話すわけにはいかない。

だから、土居は寿司屋を早々に引き揚げたのだろう。

「そうです。植木は財テクというか、資産運用好きでさまざまな投資に手を出していました。ちいさな失敗はあるものの、だいたい儲けていたらしい」

長倉はあいまいに笑った。

「投資好きな人間の『夢』という言葉の近くにある犯罪はなんだと思う?」

土居は含みのある声で問いを発した。

長倉は黙って首をひねっている。

「そうか、投資詐欺!」

真冬は思わず叫んでいた。

「まずはそこを疑うべきだろう」

うなずきながら土居は言った。

「うーん、なるほどぉ」

長倉はうなり声を上げた。

「詐欺についての捜査はしているんですか」

真冬は長倉に向かって訊いた。

「いいえ、ぜんぜんです。実は植木さんには秀隆という四七歳になる一人息子がいて、東京の品川区に住んでいます。一橋大学を出ている秀才で菱和銀行の国際業務部勤務なんですよ。ところがこの男が、とんでもない投資マニアでね。いろいろ失敗しています。多額の借金を抱えているんですよ。おまけに父親とは折り合いが悪く、宮津の実家にもほとんど帰ってこないそうです」

長倉の説明には力が入っていない。

遺産目当ての犯罪という筋を、長倉は信じていないようだ。

「そのバカ息子は調べたんだろう？」

土居はコップ酒をあおりながら訊いた。

「ええ、捜査本部は秀隆犯人説が主流です。ところが、秀隆は一〇月一三日から一週間、ニューヨーク支店に出張に出ているんですよ。もちろん、その間、帰国した形跡はありません」

長倉は口を尖らせた。

「完璧なアリバイだな」

土居は断定的に言った。

「でもね、管理官は共犯者の存在を指摘してましてね。多くの捜査員は共犯者捜しに投入されています」

長倉は唇を歪めた。

「本人から有力な情報は得られていないのか」

土居は問いを重ねた。

「それが……父親の動静をよく知らないようです。ただ、母親……つまり、被害者植木さんの夫人ですね。この奥さんがおもしろいことを言っているんです」

長倉は意味ありげに笑った。

「もったいぶらないで話せよ」

土居はせっついた。

「へへへ……植木さんが死の直前に自分のデスクダイアリーに『現実に目を向けて、目を覚まさなければならぬ』と書き残していたのを見つけてるんです。念のため、捜査本部で預かっていますが、ほかは予定の記述や数字の羅列くらいしか見つかっていません」

長倉はそのダイアリーのページの写真を見せた。

ダイアリーページ最後のメモ欄に癖の強い筆跡で、その言葉が記されていた。

「なにから目を覚ますってことなんだろう」

土居は腕組みした。

「さっき出てきた『夢』の話じゃないですか」

真冬の口からそんな言葉が出た。

「朝倉さんは投資詐欺に騙されていた植木老人が、自分が被害に遭っていることに気づいた。そのために殺害されたという筋を考えているんですね」

土居は気難しげな顔で訊いた。

「いや、ひとつの可能性に過ぎませんけどね……」

真冬だって自信があるわけではなかった。

「でもね、僕は今日、確信したんですよ」

長倉は言葉に力を込めた。

「なにをですか？」

真冬が訊くと、長倉は眼を輝かせた。

「息子の秀隆は犯人じゃないってことですよ。密書の『事件には大きな背景がある』

というのが真実だとすれば、金に困った息子が父親を遺産目当てに殺したなんて筋はありえませんよ。捜査本部は間違ってる。このことはたしかです。朝倉さん、ありがとう」

熱く語ってから、長倉は頭を下げた。

「いいえ、でも長倉さんのいってることは正しいと思います。秀隆という息子さんを追いかけるのはあまり意味がないかもしれません」

これは真冬も確信していた。

「ありがたいお言葉です。ところで、明日はどうします?」

長倉は真冬の顔を見て訊いた。

「とりあえず宮津の被害者宅に行ってみたいなと思います。奥さんに会ってお話を聞いてみたいです」

真冬の提案に、長倉は浮かない顔になった。

「捜査本部の連中が何回も事情聴取してます」

「新しいことが聞き出せるかもしれませんよ」

真冬自身もあまり期待はしていなかった。

「宮津ならすぐそこだ。とりあえずお連れしますよ」

平らかな声で長倉は答えた。

「よろしくお願いします。でも、なにか新しい情報が入ったら、まったく違う予定となると思います」

自分を励ますように真冬は言った。

「期待したいですね」

長倉の声には張りが戻った。

そのときスマホが振動する音が響いた。

「いっけね」

泡を食ったように長倉はスマホを構え直した。

「すみません。ちょっと聞き込みが長引いちゃって……はい、すぐ帰ります」

スマホを手にしたまま、ペコペコと頭を下げている。

「どうした、怒られたのか」

ニヤニヤ笑いながら、土居が訊いた。

「係長からですよ。八時から捜査会議があったんです。どうせロクな話は出てこないんですが、俺がサボったんでカンカンですよ。悪いけど、俺は帰りますよ」

長倉は肩をすくめた。

「わたしを送ってくれ。ここから歩いたら、一時間以上掛かる。酔っ払ってあの坂を上るのは嫌だ。家内もいないし、迎えを頼める人がいない」

土居が焦り声を出した。

「了解しました。大先輩を歩かせたりしませんって」

今度は長倉がニヤニヤする番だった。

「頼むよ……そうだ、昨日は観光船に乗りましたか？」

土居が真冬に向き直って訊いた。

「日出駅っていうところから遊覧船に乗りました」

真冬にとっての舟屋との出会いだった。

「ああ、丹海交通の大型遊覧船ですね。あれも一度は乗っとくと伊根全体のようすがよくわかりますね。伊根には海上タクシーと称する小型観光船もあります。こちらも一度乗るといいです。ヒントになることがあるかもしれない。この宿のオーナーの島田さん、もともと漁師さんなんですよ。宿の受付は娘さんがやっています。オーナーさん、海上タクシーの船長もやってます。朝ご飯食べたら、ちょっと舟に乗せてもらうといいでしょう。朝、起きたら、そこにあるパンフレットの《立石丸》の番号に電話してみてください」

土居はにこやかに部屋の隅に置いてあるパンフレットを指さした。

「わかりました」

真冬は素直に土居の指示に従おうと思った。

「じゃあ朝倉さん、明日は一〇時頃に迎えに来ます」

長倉は弾んだ声で言った。

「よろしくお願いします」

おんぶにだっこで申し訳ないが、調査のために借りられる力は借りたい。

真冬は玄関まで二人を送って階段を下りた。

「じゃあ、朝倉さん、失礼します。あ、二〇〇〇円」

土居は自転車の保証金を返してきた。

「それじゃあ、おやすみなさい」

長倉はにこやかに言ってクルマに乗り込んだ。

二人を乗せた覆面パトは静かに遠ざかっていった。

3

真冬は部屋に戻ると、自分のスマホを手に取った。
いよいよ明智審議官への連絡タイムだ。
報告内容は雑然としているし、長倉や土居との関係もきちんと説明したい。
メールよりも電話すべきと、真冬は判断した。
真冬は念のため、ミネラルウォーターを飲んでから呼吸を落ち着かせた。
飲んでいるのが、明智審議官にバレるのは嫌だった。
真冬は静かに画面をタッチした。
「はい、明智」
素っ気ない明智審議官の声が聞こえてきた。
「お疲れさまです。朝倉です」
やはり明智審議官への電話は緊張する。

「ああ、どうだ、そちらの状況は」

いつもながらの感情を感じさせない声が耳もとで響いた。

能登の事件で、明智審議官が冷徹一方の人間でないことははっきりした。だが、電話連絡のときの声も反応も以前と変わらない。

「現在、伊根町の現場近くの宿に宿泊しています。実は、天橋立署刑事課の捜査員と伊根浦駐在所の駐在所員と知り合いまして、この二人に協力要請をしました……」

真冬は今日の経過をしっかりと説明した。

いつもの通り、明智審議官はほとんど相づちも打たずに聞いている。

「その二人との関係は良好に継続しろ。二人以外の天橋立署員には現時点で接触するな。こちらの動きをほかの警察官に知られないように留意しろ。それと投資詐欺が気になる。今川に京都府警に確認させる。明日の昼までにはなんらかの連絡がいくはずだ。朝倉は投資詐欺の筋を追うように。明日も夜には連絡してほしい」

明智審議官は感情の読み取れない声で静かに言った。

「了解しました。ご指示通りに進めます」

返事もないまま電話は切れた。

相も変わらず、電話をしているだけではアケチモート卿のままだ。

重要な報告が終わった真冬は、肩で大きく息をついた。

いつになったら、こんなに緊張せずに電話できるようになるのだろう。

「今川くんにも電話しなくちゃ」

真冬は陽気な声で言ってカフェテーブルのコップに残った『豊漁』を飲み干した。

夕食の素晴らしさを思い出して真冬はウキウキした気分になっていた。

「はい、今川です。朝倉警視、お疲れさまです。そっちはいかがですか」

耳もとで元気のよい若々しい声が響いた。

「うん、いまアケチモート卿に報告したんだけど、さっそく協力者が見つかったよ……」

真冬は今日一日の経過について説明した。

「所轄刑事課と駐在さんですか。そいつは幸先がいいですね」

明るい声で今川は答えた。

「この駐在さんね、とっても優秀な人なんだよ。もと刑事なんだけど」

真冬は冷静で観察力の鋭い土居を思いだして言った。

「以前聞きましたが、駐在所員は責任感の強い優秀な警察官を配置するそうですね。地域住民と密接な関係を保ちつつ、持ち込まれるすべての事件や事案にまずは一人で対処しなければならないわけですからね」

もっともらしい声で今川は言った。

「能登の事件で知り合った片桐巡査部長も優秀だったな……それはそうと、もうすぐメールが来ると思うよ」

「ちょっと待って。なんとアケチモート卿から直電ですよ……うわぁどうしよう」

今川のあわてるようすが目に浮かんだ。

「大丈夫、命令が来るだけだから」

連絡を終えた真冬としては気が楽だ。

「のんきなこと言わないでくださいよ。心臓が爆発しそうなんですから。いったん切ります。あとでこちらからお電話します」

アタフタと今川は電話を切った。

一日目にしては成果が上がったことに真冬は気持ちが楽になっていた。

スマホが振動した。

「今川です。アケチモート卿から、丹後半島周辺の宮津市、京丹後市、与謝野町、伊根町に関連する投資詐欺疑惑事案について京都府警に照会するよう命じられました。一時間ほど掛かりますんで、今夜はこれで失礼します」

せわしなく今川は電話を切ろうとした。

「そんなこと言わないで、一時間後に電話ちょうだいよ。京都府警の反応も聞きたいし」

少し酔ってきた真冬はくどく頼んだ。

「仕方ないなぁ、わかりましたよ」

あきれ声で今川は電話を切った。

まだ、九時前だ。

今朝は五時起きで、日本を横断して日本海沿岸のこの舟屋の里にやってきた。

一日目としてはじゅうぶんな収穫があったし、少しは夜を楽しんでも罰は当たらないだろう。

ベッドと反対側の壁には大型テレビがあるが、せっかくの伊根の夜をテレビを見てすごすのはあまりにもったいない。

ノマド調査官としては、遊牧民気分を味わいたいではないか。

テーブルのコップに『豊漁』を注いで、マウンテンパーカーを羽織ると真冬はバルコニーに出た。

コップ酒を手に、バルコニーに置かれたガーデンチェアに腰を下ろす。

磯臭い臭いがゆるやかな風に漂う。

眼下には、隣家の灯りが波がなく鏡のような伊根浦の海に光っている。

船外機の着いた漁船とちいさな観光船が、この建物の基礎部分のコンクリートに打ったビットにもやってある。

一階は作業場だと受付の若い女性は言っていた。

舟の収納庫はないので、舟屋とは言いがたいかもしれないが、現代的な意味で同じ目的を持った建物であることがわかった。

《日出鮨》を出たときよりもずっと多くの星が輝いている。

目が痛くなるほどの星空のもと、対岸の舟屋群の灯りが幻のように光っている。

だが、その数は思っていたよりも少ない。

やはり空き家が増えているんだろうか。

背中からぞわっとするような感覚が、頭のほうに上ってきた。

これこそ旅愁だ。

コップ酒をゆっくりと楽しみながら、真冬はこの仕事に就いた喜びを味わっていた。

意外と早く、三〇分くらいでポケットのスマホが振動した。

真冬は部屋に戻ってマウンテンパーカーを脱いで電話に出た。

「終わりました。向こうの捜査二課管理官と話しました。内偵している事案がいくつかあるそうです。明日の午前中には資料を送ってくれることになっています。僕のところに届いたら、すぐに朝倉さんに転送しますね」

明確な発声で今川は告げた。

「よろしくお願いします」

今川が仕事してるのに、自分は飲みながら入江の夜を楽しんでいることに少し気が引ける。

だが、今朝は早かったし、協力者も得た。少しくらい役得を味わってもばちはあたらないだろう。

「僕からは以上です」

今川は電話を切ろうとはしない。

彼は待っているのだ。自分が悔しがるグルメ情報の提供を。

今川はグルメについては実に研究熱心だ。そうでなければかなりのマゾヒストに違いない。

「で、今日は成果がありましたか」

含み笑いを漏らしながら今川は訊いた。

「成果はさっき話したじゃない」

その手に乗るかと、真冬は澄ました声を出した。

「そうじゃなくて、えーと課外活動の成果ですよ」

じれたような声で今川は言った。

「ねぇ、いまってブリの旬だよね？」

真冬は単刀直入に切り出した。

「まぁ、冬のブリは美味いですよね」

他人事のように、今川は答えた。あえて、真冬の挑発に乗らないようにしているのだろう。

「食べたいよね。寒いうちに」

ここぞ攻めどころだと真冬は言葉に力を込めた。

「ふっふっふっ、七七七メートル」

いきなり今川の声音が変わった。

「なにそれ？」

言葉の意味がわからずに真冬は混乱した。

「行ってみたんですよ。回転寿司。霞ヶ関飯野ビル地下一階の《魚がし日本一》です」

得意げな今川の声が響いた。

「へぇ、霞ヶ関に回転寿司なんてあるんだ」

真冬はまったく知らなかった。

「あるんですよ。うちの庁舎から七七七メートル。立ち食いですけどね、意外に美味いですよ」

今川の声は誇らしげだ。

たとえかもしれないが、七七七メートルはけっこう遠い。片道一〇分くらいはかかることだろう。

「でも、混んでるんじゃないの？」

気の利いた外食店が少ない霞ヶ関のことだ。ランチタイムなどの混雑は容易に想像できる。

「それがね、一一時までやってるんですよ。一〇時頃に行けば意外と空いてますよ。僕は勤務終了後に行ったんですけどね」

今川は通常モードで九時くらいまでは仕事をしている。

「そうかぁ……じゃあ、今夜のブリにもショック受けないよね」

真冬は笑いをこらえながら、今川の言外の要求に応えることにした。

スマホのピクチャーフォルダから夕食のときの写真を三枚選び出す。

「そりゃあ、寒ブリもしっかり食べましたからね。ショックなんてあるはずないですよ。だから、送ってこなくてもいいですよ。いや、だからそんな写真見ても別になんとも……だから、送らないでくださいー」

今川は早口にまくし立てた。

真冬は黙って送信ボタンを押した。

「送るなぁ」

短い叫びが響いた。

「なにこれ……」

今川の乾いた声が聞こえた。

「だから、夕飯で食べた天然ブリだよ。日本三大ブリの伊根天然ブリ」

ゆっくりと真冬は言った。

「そんなことはわかってますよ」

つっけんどんな今川の声が響いた。

「一枚目がお造り。二枚目がブリしゃぶ。三枚目がブリのにぎりだよ」

ゆっくりと真冬は説明を加えた。

「そんなことはわかってますって」

さらに尖った声で今川は答えた。

「わかってんだから説明はいらないよね」

からかうように真冬は言った。

ふたたびしばしの沈黙があった。

「あの……そちらでなにかお困りのことはないですか？」

丁重な調子で今川は尋ねた。

「いまのところ順調よ。協力者さんのおかげでこんなブリも食べられたし……」

さらっと真冬は答えた。

「僕でお役に立つことがあれば、明日の朝一の新幹線に乗って駆けつけますよ」

今川は力強く言った。

「残念だけど、いまのところないわね。金沢のときみたいに、アケチモート卿に連れてきてもらえばいいじゃない」

真冬はやわらかく答えた。

前回の事件では明智審議官本人が金沢入りをした。その際には今川を秘書官役として伴ったのだった。

「あんな機会はもうないでしょう」

今川は声を落とした。

「祈っていればかなうかもよ」

自分でもあまり信じていない言葉を真冬は口にした。

「幸運の訪れを神に祈って、真摯な姿勢で職務に臨み続けます」

くそまじめな声で今川は言った。

「お疲れさま、帰れるなら、マジで早く帰って回転寿司にでも寄っていきなさい」

真冬はせいいっぱいの愛情を込め言葉を発した。

「お気遣いありがとうございます。おやすみなさい」

肩を落とす今川の姿が見えるような気がした。

少し気の毒にも思うが、研究熱心な今川のこと、気をとり直して真冬が送った写真を食い入るように見ているはずだ。

「おやすみなさい」

真冬は静かに言って電話を切った。

「明智審議官の丹後入りかぁ」

真冬は嘆くように言った。

ちょっと考えにくい。

今川の希望はかなえられないだろう。

とりあえずシャワーでも浴びようと真冬はバスルームに向かった。

4

指定されたのは、立石地区の集会所横の通路を海に出たところだった。

そこはちいさな波止場だった。

錆びついたビットが設けられているコンクリート岸壁が横に延びている。

岸壁には数羽のウミネコが羽を休めている。

真冬が近づいても関心はないようで、逃げもしない。

しばらく待っていると、エンジンの音を響かせて一艘の小型船がぐんぐん近づいてきた。

間違いなく、昨夜、バルコニーの真下にもやってあった小型観光船だ。

頼んでいた《立石丸》に違いない。

ＦＲＰ樹脂の紺色に塗られた船体で中央付近に、ちいさな操舵室のキャビンが設けられている。

船体中央には雨除けのシートが広がっていて、その下に十数席の樹脂ベンチが見える。

舳先（へさき）部分には黄色い樹脂の緩衝材がいくつも貼りつくように取りつけられていた。

小型船は岸壁にゆっくりと近づいて接岸した。

「朝倉さんだね？」

真っ黒に日焼けした船長がキャビンから顔を出して訊いてきた。

「はい、朝倉です」

真冬は大きな声で名乗った。

「乗って！」

船長は短く叫んだ。

もやいはとられていない。エンジンの力もあるのかもしれないが、波がほとんどない伊根だからできる技だ。

それほどの高さの差はないので、真冬は容易に舟に乗り移れた。

エンジンの音がうなって船は岸壁を離れた。

船長はキャビンから出てきて真冬の前に立った。

濃いグレーのつなぎのような服を身につけている。

六〇代半ばくらいか、髪をきっちりなでつけて細い顔に鼻筋が通っている。なかなかイケメンおじさんだ。

「おはようございます」

真冬はぺこりと頭を下げた。

「《立石丸》船長の島田です。これ着て」

島田船長はオレンジ色のライフジャケットを手渡した。

「あ、はい」

真冬はあわててライフジャケットをマウンテンパーカーの上に羽織った。

「前のほうに座ってください」

「わかりました」

船長の指示に真冬は適当なベンチに座った。

「どこへ行きます？」

船長は笑みを浮かべて訊いた。

「お客さん、わたし一人ですか？」

不思議に思って真冬は尋ねた。

「流行(はや)ってないからね、今朝は朝倉さんだけなんだよ」

冗談めかして島田船長は情けない顔をして見せた。

訛りの感じられないきれいな発音だ。

伊根の人々はあまり方言を使わないことにいまさらながらに気づいた。

京都市のような独特のイントネーションも、興奮したときの長倉からしか聞いていない。

長倉がどこの出身なのかは聞いていないが、昨日のようすでは伊根にはそれほど詳しくはなさそうだ。

「伊根は初めてなんです。昨日、大型観光船に乗りました。《舟屋ハウス》に泊まっています。ここに戻ってきたいです」

真冬は生まじめな調子で答えた。

「そうだ、うちのお客さんだったたね。じゃあざっとまわってから、ここへ着けるよ」

島田船長は快活に言った
「一〇時ころ、人が《舟屋ハウス》に迎えに来ることになっています。よろしくお願いします」

「まかせて！」

白い歯を見せて島田船長は笑うと、キャビンに戻って逆進を掛けて船を後退させた。

すぐにエンジンが静かになってふたたびうなり始めると、船は前進を始めた。

「駐在さんの知り合いなんだって？」

キャビンから半身を乗り出して島田船長は訊いてきた。

「はい、昨日も大変お世話になりました。《舟屋ハウス》さんをご紹介くださったのも土居さんなんです」

「朝倉さんはおまわりさんか？」

船長はなんの気なく、答えにくいことを尋ねた。

「まぁ……わたしは役所勤めです」

苦しまぎれに、真冬はウソとは言えないギリギリで答えた。

島田船長は真冬の答えには反応せずに、話を進めた。

「土居さん、いい人だよね。年寄りにはやさしいし、みんなに好かれてるよ」

「はい、わたしもすごく親切にして頂いています」

土居がいればこそ、この船にも乗れた。

「毎朝さ、伊根中の前あたりに立って小中学生の通学を見守ってくれるんだよ。雨の日も雪の日も。年寄りが猫がいなくなったなんて電話しても懸命に探してくれるんだ。嬉しいよね。あの人はもともと舞鶴の出身だそうだけど、駐在さんはああいう人じゃなくっちゃね」

やわらかい声で島田船長は言った。

「ほんとにいい方ですよね」

いくらか沖に出て前進を続けながら、島田船長はふたたび真冬のそばに歩み寄った。

「いま船が出てきたところが立石ってとこだけど、後ろに山がみえるでしょ？」

島田船長は乗船地の背後の山を指さした。

「あ、はい」

「あそこが伊根城跡。遺構はほとんど残っていないんだ。城跡には愛宕(あたご)神社ってちいさなお宮が建っている。戦国の昔、丹後国は一色(いっしき)氏の領国だったんだけど、天正年間にはその家臣の島津藤兵衛(とうべえ)と伊織(いおり)という武将の居城だったらしい。織田信長(おだのぶなが)に攻められて滅びたらしいんだがね」

島田船長は目を細めて伊根城跡を見ている。

「朝倉さん、前を見て。あれが青島。左側の主島と、右側の副島が橋でつながってるけど、二つ合わせて青島って呼んでます」

島田船長は島を指さした。

ほとんどくっついているように見えるが、たしかに島は二つに分かれている。

「青島がこの湾の穏やかさを生んでいるって聞きました」

真冬は島田船長の顔を見て言った。

「そう。天然の防波堤の役割を担ってるんだよ。それに伊根は南向きの入江だしね。最近はこっちの近くまで台風が来るでしょ。そうすると南風が吹き荒れるから伊根は大変だよ。入江の水位も上がってきてるし、今日だってこんないい天気で雪のかけらもないでしょ。たぶん朝倉さんは粉雪舞う伊根を想像していたんじゃないのかな」

真冬の顔を見て島田船長はおもしろそうに言った。

「それはたしかにありましたね」

明智審議官から命令を受けたときには、雪に覆われた海沿いの漁村を訪ねるイメージだった。

ネットで調べたときにも、この時期の伊根は雪国という認識しかなかった。

一方で雪が降ったら、クルマの運転が心配だったのは事実だ。

「気温も高めだし。わたしの感覚じゃ、これは伊根の秋だよ。やっぱり地球の自然環境がおかしくなってきてるのかね」

島田船長は眉根を寄せた。

「青島は伊根の人々にとって大切な存在なのですね」

真冬は青島を眺めながら訊いた。

伊根のどこからも強い存在感のある島だ。

「あそこは聖地って言うか……古くから伊根だけじゃなくって丹後半島の漁師たちの豊漁信仰の対象になってたんだ。島には蛭子神社が祭られていて、ここのお祭りはいまでも盛大だよ。伊根祭っていって七月の終わり頃に催されるんだ。とくに大漁の年に開かれる大祭には船屋台ってのが出てね。これは豪華絢爛だ。二隻の和船をつなげてその上に山鉾を載せる。祇園の山鉾が海に浮かんでいるように見えることから『海の祇園祭』なんて呼ばれていてね。京都府の登録無形民俗文化財に登録されているくらいだ。大祭は担い手の不足もあってしばらく開催されていないんだが……」

島田船長は淋しそうに口をつぐんだ。

「やっぱり聖なる島なんですね」

真冬の言葉に島田船長はゆっくりとあごを引いた。

「戦前は伊根で人が亡くなると、あの島で荼毘に付して埋葬した。その頃は墓地も寺もあったんだ。終戦直前に海軍が舞鶴を守るため買い上げて魚雷発射場を建設したんで、戦後は無人島になってしまった。おもしろいのは、あそこにはクジラの墓もあったんだ。解体したクジラの骨を安置する塚だよ。子どもの頃は白いクジラの骨が岸からも見えていたよ」

なつかしそうな目で島田船長は言った。

「伊根はクジラ漁も盛んだったと土居さんに伺いました。船長さんも銛を握ったんですか」

真冬はなんの気なく訊いてから自分がうかつな質問をしたことに気づいた。

「バカ言わないでよ。クジラ漁は昭和二〇年代で終わってるよ。わたしは平成生まれの平成男子なんだから」

島田船長は陽気に笑った。

「あ、失礼しました」

冗談好きのこの船長との船旅は楽しい。

彼は若くとも昭和三〇年代くらいの生まれだろう。

「青島を越えると外海だ。いまの漁師はあの外に設置した定置網漁が中心でね。青島を越えたら、伊根湾内のような海じゃない。波も高いしいろいろ疲れる。わたしはもう年寄りだから漁にはあまり出ない。息子が中心にやってます。息子は入江のなかの生け簀で岩ガキを養殖してるんですよ。伊根の夏の名物はなんといっても岩ガキだよ。三年育てるから伊根の岩ガキは大きいんだ。今度はぜひ夏に来てください」

明るい調子で、島田船長は言った。

そう言えば湾内にはいくつも生け簀が浮かんでいて、ウミネコが羽を休めている。

「伊根名産は冬はブリ。夏は岩ガキですか」

真冬はよだれが出そうになった。

実はカキは大好物である。

「伊根名産のブリはやっぱり定置網だよ。生け簀の養殖ものも悪くないけどね、うちはエサやりが大変だからやってない。じゃ、船まわすよ」

ふたたび、キャビンに戻った船長はエンジンの回転を高めた。

船はゆっくりと平田地区の舟屋のすぐ近くを通り過ぎてゆく。

「伊根の舟屋の景色は本当に素晴らしいですね。日本中のどこに行っても見られませんからね。わたしは勝手に『日本の原風景』と呼ばせてもらっています」

真冬はあらためて舟屋の美しさに感じ入った。

「ありがとう。地元の人間としては嬉しい言葉だよ。この景色を気に入ってくれた人は少なくなくて、映画の舞台などにも多く使われている。たとえば『男はつらいよ』の第二九作でも大々的に伊根の舟屋が使われている」

島田船長の声は誇らしげだった。

「へぇー、そうなんですか」

寅(とら)さんは楽しい映画だが、真冬の年齢だと一作も観ていないのがふつうだ。

「うん、昭和五七年のあの映画ではマドンナのいしだあゆみさんが伊根の出身という設定で、寅さんが伊根にマドンナを追いかけてくるんだ。山田洋次監督は伊根を大変に気に入って、重要伝統的建造物群保存地区の選定にも尽力してくださった。それから平成五年のＮＨＫの朝ドラ『ええにょぼ』では戸田菜穂(とだなほ)さん演ずる主人公が伊根出身という設定で舟屋の風景がふんだんに出てくるんだよ」

島田船長はさも嬉しそうに笑った。

「ごめんなさい。わたし幼児の頃なんでそのドラマも知らないです」

幼い頃のテレビドラマの想い出はあまりない。

二五年前に父が死んで、不安定な生活のなかで消えていってしまった記憶なのだろう。

「そうだよなぁ。あれからずいぶん経ったからなぁ。ＤＶＤが出るのをわたしたちは待ち望んでるんだけどなぁ」

嘆くような声で島田船長は言った。

「伊根は美しいです。ずっとずっとこの風景が守られていってほしいです」

いまや真冬の強い願いとなっていた。

「いまの伊根の雰囲気はね、一朝一夕にできたんじゃない。だんだんと作られていったんだよ。まず、明治初期から昭和二五年くらいまでのブリ景気で、舟屋の多くが茅(かや)葺(ぶ)きから瓦葺きの二階建てに建て替えられた。それまでの舟屋はこんな感じだ」

島田船長はキャビンから出てきて携えたクリアファイルを開いた。

茅葺き屋根の木造家屋が海の上に並んでいて、一階部分には舟が入っている。

「なんというか、東南アジアとかの水上家屋みたいですね」

真冬は驚いて言った。

現在の舟屋とは大きく異なる建物が並んでいる。

「そう、一五〇年前は舟屋の二階に人が住むことはなかった。網や漁具を干して雨や虫などから守るのが精いっぱいだったんだよ。母屋はさらに陸地側に建っていた」

キャビンに戻った船長はふたたび前進を掛けた。

「陸地が狭くて建てる場所はないですよね」

真冬は不思議に思って訊いた。

「それがね、昭和六年に役所の命令で、ほとんどすべての家が舟屋を海側に移設したんだ」

「え？　どういうことですか？」

一瞬、言葉の意味がわからなかった。

「伊根湾を一周するまともな道はなかった。そこで伊根を一周できる府道伊根港線を整備することになった。平地の狭い伊根のことだ。道を作る場所はなかった。母屋と舟屋の間に通すしかなかったんだな。それで、いままでは母屋と近接して建っていた舟屋や土蔵が海側に移設されたんだ」

なんの気ない調子で島田船長は答えた。

「そんなことがあったなんて……」

村中の建物を海寄りに移動させるなんて話は聞いたことがない。

「結果として、昭和六年から一〇年かけて幅員四メートルの道路が敷設された。それまでは舟で移動していた人々も道路を使うようになった。いままでは各家の玄関みたいな存在だった舟屋が、道向こうの離れになったというわけだ。これも二階建ての舟屋が増える理由となったんだ。舟屋の二階を若夫婦たちの部屋にしたような家も多かった」

「そうだったんですか」

真冬は驚くばかりだった。

「すごい話だよね。当時はお上の命令にはみんなおとなしく従ったんだね。現代だったら、話し合いで決着がつくのに一〇〇年は掛かっちゃいそうだ」

島田船長はのどの奥で笑った。

船は伊根浦公園のちいさな入江に入っていった。

灰色の屋根瓦を載せた細長い建物が二棟並んでいる。

右手の建物の前には一升瓶を運ぶケースが積んであって、その前で若い従業員が休んでいる。

「あれが伊根唯一の酒蔵、向井酒造さん」

島田船長は建物を指さして言った。

「昨日、土居さんに教えて頂いて《日出鮨》で飲みました。美味しかったです」

真冬はいささかはしゃいで応えた。

「それはよかった。あそこは美味いよね」

船長はふたたび伊根湾のまん中に船を戻した。

「左手が伊根漁港だ」

「あの右手の細長い建物はなんですか？」

瓦屋根の古い工場のような建物が目に入った。

「あれはいまは漁網干し場などに使っているけど、むかしの芝居小屋の跡だよ」

島田船長は建物に目を向けて答えた。

「芝居小屋ですって！」

真冬は素(す)っ頓狂(とんきょう)な声を出してしまった。

「ああ、昭和三〇年頃までと聞いてるけど、旅芝居の一座を呼んでいたらしい」

島田船長はさらっと答えた。

「まるで横溝正史の『獄門島』みたいな世界ですね」

漁村の芝居小屋……まさに横溝の世界だ。

原作は読んでいないが、真冬はサブスクで配信された古い角川映画を見たことがある。

石坂浩二(いしざかこうじ)が金田一耕助(きんだいちこうすけ)だった。

「ははっ、そうだね。ありゃあおもしろい映画だった。わたしも宮津にあった封切り映画館に観にいったよ。大原麗子(おおはられいこ)が最高にきれいだったね。だけどね、この伊根にはむかしから網元はいないんだ。漁師たちは対等でみんな仲よくやってきた」

誇らしげに島田船長は言った。

「すると、あの映画に出てきた水戸黄門の網元さんみたいな人はいなかったんですね」

水戸黄門で有名な俳優の名前が出てこなかった。

「そう、伊根は民主的なんだよ。現在は伊根浦漁業株式会社っていうのが大網元だな。漁協組合員……つまり漁師はほとんどがその会社の従業員として漁に出ている。大型定置網はもちろん、釣り、延縄(はえなわ)、小型定置網、刺し網、水視漁業となんでもやってるよ。わたしは独立自営業だ。伊根には数名しかいないんだけどね」

自信の感じられる島田船長の声だった。

「船長はその会社にお勤めではないんですね」

真冬は念を押して訊いた。

「そう。だから、朝から身を粉にして働いているというわけだよ」

島田船長は右目をつぶった。

「船長さんはここの芝居を観たことがあるんですか」

今度はわざとボケて聞いてみた。

「わたしは平成男子だよ。見たはずはないだろう」

島田船長はふくれっ面を作って見せた。

「あ、そうでした」

真冬はとぼけた声で答えた。

船長は声を立てて笑った。

船は出航地点の立石に近づいてきた。

真冬はこの入江を詳しく知る船長になにかのヒントをもらいたかった。

「船長は、この伊根で不思議なことを目撃したりしませんでしたか。不自然なことでもいいです。気づいたことがあったら教えてください」

なにかひとつでもヒントがほしい。

「ああ、去年の秋に舟屋で人が死んでた事件があったな。あんなことは生まれて初めてだ」

まじめな顔で島田船長は答えた。

「ええと、その事件以外で……この数年くらいでどうでしょう」

真冬は問いを重ねた。

「いくら稼いでも、貧乏なことかな」

島田船長はいたずらっぽい顔で笑った。

「いえあの……船長ご自身の話じゃなくって……」

真冬はとまどって言った。

「うん、去年の夏頃……伊根祭が終わってしばらくした時期のことなんだけどね。あの左手の亀島半島をぐるっとまわったあたりに鷲岬ってのがあるんだ。丹後鷲埼灯台って白い灯台が立っています。その真下あたりの海で海洋調査してるような船を見たんだ。二回くらいね。あのあたりは定置網もなにもないはずだ。なにを目的の調査なのか、わけがわからん。しかもだよ、調査船に随行するみたいな感じで観光船のような船もいたんだ。見物人らしき人も何人も乗ってた。わたしは不思議に思って町役場に訊いてみたけどなにも知らない。どこの誰がやっていたのかもわからないんだ。伊根浦漁業の会社にも訊いたが、そんな船は知らんっていう話なんだよ。いったいあれはなんだったんだろうな……わたしも長年、漁師やってるけど、あんな船を見たのは初めてだなぁ」

まじめな顔に戻って島田船長は言った。

「ほかの漁師さんはその海洋調査のことを知らないんですか？」

念を押すように真冬は訊いた。

「わたしのほかは何人かの漁師が見ただけなんだ」

島田船長は首をひねった。

しばらくして《立石丸》は出航地点の岸壁に戻ってきた。

時刻は九時五〇分だった。

「すごく楽しかったです。ありがとうございました」

真冬はライフジャケットを返しながら言った。

「こちらこそです。またうちの船に乗ってくださいね」

島田船長はていねいに身体を折った。

「はい、ぜひ。それから、今夜も《舟屋ハウス》でお世話になります」

弾んだ声で真冬は言った。

「ゆっくりしてってね」

島田船長は微笑(ほほえ)んだ。

「あの……料金は？」

「一〇〇〇円」

島田船長は右の掌(てのひら)を開いて突き出した。

「そんな……」

あまりの安さに、真冬は絶句したが、島田船長はゆっくりあごを引いた。

財布から千円札一枚を取り出して渡すと島田船長はポケットに入れてにこやかにうなずいた。

岸壁に真冬が移ると、船はすぐに動き出した。

遠ざかる《立石丸》のキャビンからいつまでも手を振る島田船長の姿がこころに残った。

スマホが振動した。

「お疲れさまです。京都府警の捜査二課で把握している投資詐欺は二件あるそうです。資料を送りますが、伊根と関係がありそうな話はなかったですね」

冴えない声で今川は言った。

「なんか出てきそうな気配はないの？」

府警がまったく摑んでいないとすると、投資詐欺は筋の読み違いかもしれない。

「ええ、伊根やら宮津に関連する話はありませんでした。たんに舞鶴や京丹後市の人が被害者っていうだけのことです。資料を見ても役に立たないと思いますよ」

うかない声で今川は続けた。

「わたしはいま地元の漁師さんの船で伊根湾をまわってきたんだけど、昨年の夏にこの伊根湾から外海に出たあたりで海洋調査が行われていたけど、漁師さんたちも町役場も誰もどういう調査だったか知らないって言うんだよね。伊根の海のことで漁師さんが知らないなんて不自然だと思ってね」

真冬ははっきりとした不審感を抱いていた。

「海洋調査ですか?」

今川はおぼつかなげな声で言葉をなぞった。

「なんか気になるんだよね」

真冬は正直な気持ちを口に出した。

「それ、明智審議官に伝えたほうがよくないですか」

今川は真剣な声で言った。

たしかに今川の言うとおりだろう。

緊張するが、ここは今川の言葉に従うべきである。

明智審議官の判断を仰ぎたい。

「そうだね。電話してみる」

真冬は電話を切って、明智の番号をタップした。

「朝倉です。おはようございます」

「なにかあったか？」

平らかな声が返ってきた。

「京都府警のほうに調査を頼んでくださってありがとうございました」

真冬は丁重に礼を述べた。

「今川から資料が届いているだろう。京都府警捜査二課が追っている事件は、今回の伊根の殺人とは関係がなさそうだな」

淡々とした口調で明智審議官は答えた。

「今川くんからそう聞いています。別件でお話があります……」

真冬は、島田船長から聞いた海洋調査の話を詳しく説明した。

「……伊根は地元の人々の連帯感も強い土地柄だと思います。それが町役場をはじめ漁師さんたちもまったく知らない海洋調査というのは気に掛かります」

「地元の漁師も知らない海洋調査か……ちょっと引っかかるな。わかった。今川に確認させる」

明智審議官は、真冬の話に関心を持ったようだ。

「そんなこと確認できるんですか」

真冬は不思議に思って訊いた。

「航海安全のための海洋調査なのか、防災を目的とした調査なのか、環境保全のためなのかによっても監督官庁は異なる。だが、丹後鷲埼灯台の直下の海域だといっていたな」

「はい、そのように聞いています」

「となれば、灯台を管轄する海上保安庁に連絡くらいは入れているだろう。某国の不審船と疑われても不思議はない場所だ」

明智審議官は北朝鮮のことを指しているようだ。

「なるほど……」

「少なくともまともな会社ならそうするはずだ。今川に舞鶴海上保安部に照会させる。その結果を今川から朝倉に連絡させる。そんなに時間は掛からないはずだ。今川からの電話を待っているように」

「了解いたしました」

真冬の直感に近い考えを明智審議官が取り上げてくれたことが嬉しかった。

真冬が答えると、明智審議官は電話を切った。

5

岸壁から《舟屋ハウス》まで戻ると、すでに長倉の覆面パトが駐まっていた。

多少待たせてしまったが、今川や明智審議官と連絡を取っていたのだから仕方がない。

真冬の姿を見ると、すぐに長倉はクルマから下りてきた。

「おはようございます。すみません、お待たせして」

頭を下げて真冬は詫びた。

「いや、いいんですよ。船には乗れましたか？」

明るい顔で長倉は訊いた。

「ええ、伊根を海の上から詳しくガイドして頂きました」

真冬もにこやかな笑顔で答えた。

「まぁ、乗ってください」

助手席のドアを開けながら、長倉は言った。

「長倉さんこそ、捜査本部のほうは平気だったんですか」

クルマに乗り込むなり、真冬は尋ねた。

「大丈夫でした。係長からネチネチ嫌味言われましたけどね。捜査幹部や管理官の手前、怒って見せてるだけです。誰もがやる気をなくしてますからね。でも、土居さんと一緒に現場付近の地取りをしていたら、やっかいな住人のせいで遅くなったという説明で納得してもらえました」

長倉は苦笑を浮かべた。

「それは何よりです。ところで、収穫があるんですよ」

真冬は海洋調査の件について詳しく話した。

「ふうん、そいつは朝倉さんの言うように非常に怪しいですね」

長倉は考え深げに言った。

「で、上司に報告したんで、部下からの電話待ちなんですけど……」

「とりあえず、新しい情報は嬉しいです。どこへ行けばいいですかね」

「今後の動きが、まだ読めないんですけど……」

真冬はとまどいの声で言った。

「とりあえず長時間駐車になりそうだから、観光案内所にあいさつしといたほうがいいでしょう。できる限りは僕が運転手をしますよ」

長倉は頼もしく請け合った。

「ありがとうございます。運転苦手なんで助かります。伊根の道は狭いですから」

真冬の言葉に長倉はかるくうなずいてエンジンを掛けた。

ちょうど、旧芝居小屋のあたりを通りかかったときに今川からの着信があった。

「今川です。アケチモート卿のご下命で舞鶴海上保安部に電話しました。わかりましたよ。たしかに八月一九日と翌週の二六日に舞鶴市内の《舞鶴海洋開発》という海洋調査会社が丹後鷲埼灯台付近の海域に調査船を出しています。海保に対して事前に連絡を入れてました。調査目的は水中考古学の調査だそうです」

今川は淡々と説明した。

「なんですって！」

真冬は素っ頓狂な声を出した。

水中考古学とは予想もしなかった。

「宝船でも沈んでいるのかしら」

「気になって僕も調べたんですが、最近の水中考古学って沈没船調査だけじゃないんですね。水中遺跡なども調査するそうです。いずれにしてもその船長が話していたことは事実ですよ」

今川の言葉は力強く響いた。

この線でいけるかもしれない。

「わかった。《舞鶴海洋開発》って会社の住所と電話番号をわたしにメールしてくれる?」

「すぐ送ります」

はきはきと今川は答えた。

すぐにメールの着信アラートが鳴った。

「ありがとう。また、調べてもらうことが出てくるかもしれない」

真冬はあらためて今川の存在をありがたく感じた。

「なんなりとおっしゃってください」

にこやかな声で今川は電話を切った。

「横から聞いていたんですが舞鶴にご用事ですか？」

ステアリングを握りながら長倉が訊いた。

「ええ、さっきお話しした海洋調査を担当した会社が舞鶴市の《舞鶴海洋開発》ってわかったんです。舞鶴市って遠いですか？」

地図を思い浮かべると、けっこうな距離がありそうだ。

「そうですね、一時間半くらいは掛かります」

長倉の答えは真冬を失望させた。

「けっこう遠いですね」

「舞鶴若狭自動車道を使うんですが、七〇キロ以上あります。電話ですむならそのほうがいいですね」

長倉もうなずいた。

真冬はスマホを手に取って、今川から送られた電話番号をタップした。

「はい、《舞鶴海洋開発》でございます」

総合受付らしい女性の声が出た。

「わたくし警察庁長官官房の朝倉真冬と申します」

今回は警察庁の名を出すことにした。この電話に答えてくれなければ今川に頼むしかない。

「はぁ……警察庁……」

相手の女性はあきらかに動揺している。

「昨年の八月に御社が伊根町の海でなさった海洋調査のことでお伺いしたくてお電話いたしました」

真冬はやわらかい声で用件を告げた。

「し、少々お待ちくださいませ」

あわて声が聞こえると、保留メロディーに変わった。

ラバーズコンチェルトだった。

「お電話代わりました。総務部長の小杉と申します」

低い中年の声が返ってきた。

「御社が行った海洋調査についてお伺いしております。八月に伊根町の丹後鷲埼灯台付近の海域付近で二回の海洋調査を行ったそうですね」

真冬は静かな声で言った。

「はい、調べましたところ、たしかにうちでお請けしております。ですが、警察のご厄介になるようなことはなにもないと存じますが」

　いささか不満げな声で小杉部長は答えた。

「いいえ、おたくさまの調査に問題があるわけではございませんのでご心配なく。警察庁が関心を持っているのは依頼主です。誰からの依頼か、お教え願えませんか」

　真冬は丁重に頼んだ。

「少々お待ちください」

　ホッとしたような声の後に、バッハの『メヌエット』が流れた。

「ご依頼なさったのは、京丹後大学の榎本高康（えのもとたかやす）研究室さまでございますね」

　小杉はさらっと答えてくれた。

　真冬の気持ちは明るくなった。

「京丹後大学の榎本高康研究室さんですね。そのとき見学船も出ていたそうですが、こちらも御社の船ですか」

　おそらく違うだろうと思いながら、真冬は問いを重ねた。

「いいえ、そちらはわたくしどもが出した船ではございません」

「どこの会社の船かわかりますか」

「申し訳ありません。どちらの業者さんかはわかりかねます」

予想通りの答えが返ってきた。

別途調べる必要があるが、依頼主がわかったからには難しくあるまい。

「わかりました。お手数をお掛けしました。ありがとうございました」

真冬は礼を言って電話を切った。

いざ怪しまれたら、今川から警察庁の電話でかけ直してもらおうと思ったのだが、あっさり教えてくれた。

「長倉さん、京丹後大学ってどれくらい掛かりますか?」

真冬が訊くと、長倉はカーナビを操作し始めた。

「そうですね、ちょっと待ってください……南端の大宮にあるので、だいたいカーナビでは二五分と出ましたね」

長倉は顔を上げて答えた。

「二五分ですね」

予想していたより近い。

真冬はスマホを取り出して京丹後大学のサイトから電話を掛けた。

「京丹後大学事務室でございます」

京都イントネーションの女性が出た。

「わたくし《トラベラーズマガジン》の朝倉と申します」

こちらは取材名目のほうが話が通りやすいと思って、雑誌社名を名乗った。

「お世話になっております」

「榎本高康先生の伊根町のご研究について取材したいのですが、あ、当方は旅行雑誌です。専門誌ではございません」

「文学部教授の榎本でございますね」

相手の答えに真冬は真冬の胸は弾んだ。

「はい、そうです。榎本先生です」

弾んだ声で真冬は答えた。

榎本教授はちゃんと在籍している。

「いつの取材をご希望でしょうか？」

「もし可能でしたら、本日伺えればと思っております」

ダメ元で真冬は訊いた。

「本人に予定を確認いたします。しばらくお待ち下さい」

保留音に変わった。こちらはフォスターの『ビューティフルドリーマー』だった。

「お待たせ致しました。午後一時か午後四時なら一時間ほど時間が取れると言うことですが」

ハキハキとした声で女性は答えた。

「それでは午後一時に伺いたいと思います」

気負い込んで真冬は言った。

「承知致しました。本人に伝えます」

にこやかに女性は答えた。

「ありがとうございます。教授によろしくお伝えください」

真冬は丁重に礼を言って電話を切った。

「京丹後大学に午後一時に伺うことになりました。海洋調査の発注主である榎本教授という方にお話を聞きたいのです」

電話を切った真冬はウキウキとした声で長倉に言った。

「アポ取れたんですね。そりゃあよかった。さぁ、京丹後市に向かいましょう。途中で昼飯食べていきましょう」

長倉は上機嫌な声で言った。

途中観光案内所で真冬がレンタカーを長期駐車することを断ると、覆面パトは天橋立方向へと走り始めた。

「長倉さんはどちらのご出身なんですか」

クルマが阿蘇海のかたわらを走っている頃、聞きたかった疑問を真冬は口にした。

「僕は京都市左京区郊外の出身ですが、どうしてですか？」

首を傾げて長倉は訊いた。

「お言葉に京都のイントネーションを感じたものですから」

「いや、興奮すると、つい京言葉が出ちゃうんですよ」

ステアリングを握る横顔の頰がうっすらと染まった。

「それで気づいたんですけど、伊根の人たちって京都風の言葉で話しませんね」

真冬の大きな疑問だった。

伊根の人々はほとんどが標準語を使う。京都風のイントネーションも聞かない。

「丹後方言は京言葉とはまったく違いますね。たとえば、『うまい』が『ウミャー』、『えらい』が『エリャー』……これどこかの方言に似てませんか？」

おもしろそうに長倉は訊いた。

「名古屋弁ですか」

方言に詳しくない真冬にもすぐにわかった。

「そうです。丹後弁と名古屋弁の共通点ははっきりしています。僕は一月一日付で京都市内の東山警察署から異動になったばかりなんですよ。ですが、宮津に来て言葉があまりにも違うんで驚きました。で、調べてみたら、数年前に京丹後市と市の教育委員会が大学の先生方のお力を借りて調査を行っているんですよ。その結果も『丹後弁と名古屋弁はどえりゃー似とるで』ということになったようです」

長倉はちいさく笑った。

「かなり離れているのにどうしてですか」

別の謎が真冬に生まれた。

「いくつかの説があるようですが、確定的にはわからないようです。『丹後・東海地方のことばと文化～兄弟のようなことばを持つ両地方～』という調査報告書にまとめられていますから、お読みになってみてもいいかもしれませんね」

そんな話をしているうちに、クルマは京丹後市へと入った。

京丹後市は丹後半島の面積の大部分を占める市で、人口は五万人弱。

二〇〇四年に峰山町(みねやまちょう)、大宮町、網野町(あみのちょう)、丹後町、弥栄町(やさかちょう)、久美浜町が合併して生まれた。

丹後半島の西半分の海岸部と、山に囲まれた盆地から形成されている。

真冬が予約していたビジネスホテルは峰山町にあって盆地の北の端だが、京丹後大学は南の端にあって伊根からは三〇分もかからなかった。

クルマのフロントウィンドウにはのどかな田園地帯の風景が広がっている。

道路の両脇には除雪された雪がわずかに残っている。

伊根とは違って最近も降雪があったようだ。

手打ちうどん屋に寄って昼食を取ると、真冬たちは京丹後大学を目指した。

第三章　伊根の謎

1

丘の上には三棟の真新しい校舎が並んでいた。

こぢんまりとした大学だ。

サイトで調べると、学生数は一二〇〇ほどで、文学部、国際関係学部、経済学部からなる文化系の総合大学だった。設立は二〇一一年ということだ。

文学部の事務室で取材の手続きをして、真冬たちは二階の榎本研究室に向かった。

長倉はカメラマンというふれこみで、かたわらを歩いている。

レンズも一本しか持っていないし、カメラも真冬の普及機だ。詳しい者が見れば、プロカメラマンでないことは一目瞭然だ。怪しまれたら、同僚のライターとごまかすつもりだった。

白く塗られた鉄扉の『榎本高康』という名を確認してドアをノックすると、室内から「どうぞ」と明るい声が返ってきた。

書架に囲まれた窓側の両袖机の向こうに座っていた髪の毛が真っ白な男性が立ち上がった。

「やぁ、どうも。榎本です」

榎本教授は満面の笑みで近づいてきて、右手を差し出した。

真冬と長倉は次々に握手を返した。

「とにかく座ってください。人がいないもんで、自販機のコーヒーで勘弁してくださ い」

かたわらのレザーソファを掌で指し示した。

目の前のカフェテーブルには三つの紙コップが置かれて湯気が立っていた。

「こんにちは。取材をお願いした朝倉と申します」

ソファに座った真冬は、ライターの名刺を差し出して名乗った。

長倉は黙って一礼した。

「よくこんなところまで来てくださいました」

鷹揚な調子で榎本は頭を下げた。

榎本教授は七〇歳近いだろう。

人のよさそうな笑顔を丸顔全体に浮かべている。

ぷっくりと太って、なんとなくダルマさんを思わせる容姿だ。

メタルフレームの丸いメガネと白い口ひげがよく似合っていた。

雪の結晶の模様が編み込まれた白とネイビーのセーターを着込んでいる。

「取材のために、お話を録音させて頂きたいのですが」

「よそへ出さないのであれば」

ちょっと厳しい顔で榎本教授は言った。

「もちろん、わたしが記事を書くために使用するに留めることをお約束いたします」

真冬は明確な発声で言い切った。

「それならかまいません」

榎本教授はにこっと笑った。

子どものような無邪気な笑顔だった。

真冬はＩＣレコーダーを取り出した。

第一印象としては、榎本教授は実直で温厚な人物のように見える。

誠実に話をしてくれることが期待できる。

「さっそくで恐縮ですが、昨年の八月に伊根で先生が行われた海洋調査について伺いたいのですが」

真冬が切り出すと、榎本の瞳が見る見る大きく開いた。

「よくご存じですね。どこから聞いたんですかな」

榎本教授は不思議そうに訊いた。

「はぁ、ちょっとある方から情報を得まして」

真冬としては言い淀むしかなかった。

「あの調査については継続中でもあり、学会誌をはじめどこにも発表していません。東京の雑誌社の方の耳に入るとは意外ですね」

真冬の目をまっすぐ見て、榎本教授は言った。

「わたくしどもも、いろいろなチャンネルを持っていますので……」

真冬ははぐらかしながら、言葉を継いだ。

「昨年の八月一九日と二六日に舞鶴市内の《舞鶴海洋開発》という海洋調査会社に依頼して丹後鷲埼灯台付近の海域で海洋調査を行なったとのことですが？」

「たしかにその調査はわたしが《舞鶴海洋開発》さんに発注したものです」

榎本教授はきっぱりと言い切った。

「どういった内容の調査なんでしょうか。先生は歴史学者でいらっしゃるんですよね」

ここへ来るクルマのなかで、真冬は榎本教授について簡単に調べてみた。

詳しいことまでは調べられなかったが、榎本教授の専門は中世日本史であることがわかった。

とくに北陸地方の中世史に詳しいらしい。能登畠山（のとはたけやま）氏を牛耳（ぎゅうじ）って実質上支配していた重臣たちの「畠山七人衆」に関する研究が有名だそうだ。

数年前に京都府立大学を退職して、この京丹後大学に迎えられたとあった。

専攻していた内容からすると、明智審議官が口にしていた航海安全、防災、環境保全などの調査目的は成り立たない。

いったい榎本教授は、なんの調査をしていたのだろう。

「いずれしっかりしたかたちで発表しますが、現時点ではこの海洋調査は端緒についたばかりですので、世間に発表できる段階ではありません。いえ、現時点では発表したくないのです……」

眉間にしわを寄せて、榎本教授は言葉を濁らせた。

ここで教授に口を閉ざされてはかなわない。

真冬としては、せめて調査内容の簡単な方向性だけでも把握したかった。

長倉は適当にシャッターを切っている。

「わたくしどもとしても、本日はほんのごあいさつに伺っただけです。できれば、継続して取材させて頂きたいと考えております。また、記事にするときには必ず事前に先生にチェックして頂きますので、ご心配には及びません」

実際に記事になるわけではないが、少なくとも自分の研究内容が意に反して世間に出ないことを榎本教授に信用してもらわなければならない。

「本当ですね」

榎本教授は真冬の目を見据えて念を押した。

「はい、先生の意に反して研究の秘密が漏洩することはございません」

真冬はきっぱりと言い切った。

「では、ごく簡単にご説明しましょう。伊根の沖にはとんでもない宝が眠っている可能性があるのです」

榎本教授は明るい声に変わって驚くべきことを口にした。

真冬と長倉は顔を見合わせた。

「宝ですか」

言葉をなぞりながら、真冬の胸は高鳴った。

心の奥底で正しい方向性に向かっているのではないかという期待感が高まっていた。

「戦国時代の話です。当時、丹後地方は室町幕府の四職までつとめた清和源氏義国流で足利氏の一門である一色氏が、丹後守護職にあって支配していました。ところが、一色氏は時流のなかで弱体化していきました。隣国若狭の若狭武田氏と争いを繰り返して、さらに弱体化していました。そこへ織田信長の命により、細川藤孝と明智光秀が丹後国に攻め込んできたのです。細かい話は省略して天正一〇年、一五八二年に一色氏の当主である一色義清は謀殺され、丹後一色氏は滅亡しました」

話していくにつれ、榎本教授の声には力がみなぎってきた。

一色氏の存在を真冬は知らなかったが、京都に近い丹後を信長が狙ったのは当然のことだ。

真冬が育った金沢はその頃は一向宗の支配下にあったが、信長の命により柴田勝家（しばたかついえ）の甥である佐久間盛政（さくまもりまさ）が攻め込んでいる。

「信長の全国支配の過程のお話ですね」

真冬の言葉に、榎本教授はうなずいた。

「そうです。さらに天正一〇年は本能寺の変のあった年です。現代で言う近畿地方は大混乱していました。丹後地方に関する史料も大変に少ないのです。一色氏の滅亡についても詳しい史料は存在していません。残っているのは学会では根拠として相手にされない二次史料ばかりです」

榎本教授はちょっと顔をしかめて、言葉を継いだ。

「一方、当時の丹後の海岸部には丹後水軍と呼ぶべき武装集団が存在しました。丹後水軍が信頼できる史料に登場するのは大永七年（一五二七）のことですが、それよりはるか昔から丹後水軍は存在していました。水軍の勢いが盛んだったのは舞鶴周辺で、若狭武田氏配下の水軍と激しい争いを繰り返していました。さらに、伊根にも水軍は存在しました。当時、一色氏の根拠地は宮津八幡城でした。後に丹後国の中心となる舞鶴ではなかったのです。丹後半島の東側一帯の海岸線には水軍が群居していたと考えられます。さらに、一色氏の家臣である島津氏が伊根城主となっていたのですが、丹後水軍はこの島津氏と良好な関係を保っていたと推察しています」

真冬は《立石丸》から見た伊根城跡を思い出した。

「水軍は島津氏の家臣ではなかったのですか」

「はっきりしたことはわかりません。ですが、ある文書には『伊根城主である島津藤兵衛の一子伊織が、最後の当主である宮津八幡城にいた一色義清に、財宝を託されて伊根湾一帯のどこかの海中に隠した』という主旨に読み取れる文字が書かれています。その後、一色義清も島津父子も滅ぼされました。ですが、伊根の海中にはそのまま宝が眠っていると、そうわたしは考えています」

榎本教授は高らかに言った。

「丹後水軍が隠した宝……」

真冬は独り言のようにつぶやいた。

「さらに、水軍が宝を隠したのは伊根湾内ではないと考えています。伊根湾内は水深は三〇メートルほどですが、いろいろな意味で目立ちすぎるのです。陸上から隠すところを目撃される可能性もある。そこで伊根湾の外海を選んだのでしょう」

考え深げに榎本教授は言った。

「三〇メートルでも難しいと思いますが、外海では引き上げは不可能ではないのでしょうか」

真冬の素朴な疑問だった。

明治期には、素潜りによる沈船積載品のサルベージは三〇メートルほどの記録があるだけだと、なにかの本で読んだことがある。

「一色義清は引き上げるつもりはなかったのでしょう。自分が継承している財宝をむざむざと信長に渡したくなかったのではありませんか。しかし、平蜘蛛(ひらぐも)の茶釜(ちゃがま)を自ら叩き割ったという松永弾正久秀(まつながだんじょうひさひで)ほど思い切りはよくなかった。だから、海底に隠したのです。さらに、鷲岬付近に沈船(ちんせん)があるという地域の伝承もあります。わたしはこの沈船こそ宝船だと考えています」

自信ありげな榎本教授の声が響いた。

「なるほど！　それで昨年の八月に調査をなさったのですね。宝を発見するために」

真冬の声のトーンは上がった。

「いや、これは可能性の一つに過ぎません。わたしは水中考古学はまったくの専門外です。文献史学が専門です」

榎本教授はうつむいて低い声で言ってから、顔を上げて言葉を続けた。

「ですが、もし伊根の海から宝のかけらでも発見されれば、いままで誰にも相手にされていなかった軍記物語の『一色軍記』などに、多くの研究者が目を向けることになります。たとえば太田牛一が織田信長について記した『信長公記』は歴然たる二次史料です。ですが、現在では一次史料に準じた扱いを受けています。わたしは『一色軍記』にもいくつもの真実が記されていると信じています。一次史料の存在しない丹後半島の戦国期を知るために、ほかの研究者たちももっと『一色軍記』やわたしが採り上げているほかの文書に着目するべきなのです」

いくらか興奮した声で榎本教授は言い放った。

真冬には詳しくは理解できなかったが、榎本教授が学問上の戦いをしていることはわかった。

「それで昨夏の調査でなんらかの発見はありましたか」

単刀直入に真冬が訊くと、榎本教授は静かに首を横に振った。

「残念ながら、この二回の潜水調査では、これと言った成果は出ませんでした。しかし、沈船調査などというものは、そう簡単に進むものではありません。何年もかかるのは覚悟の上です。いまは季節が悪いですが、来夏にはまた船を出したいと考えています」

榎本教授は元気な声で答えた。

「しかし、この調査にはかなりの費用が掛かったのではないですか」

学問上のことにも興味はあったが、真冬は殺人事件の調査に来ているのだ。

事件と関わりがありそうな調査の費用面について、真冬は突っ込んで訊きたかった。

「今回の調査は一回につき一〇〇万円以上の費用が掛かっています」

榎本教授はさらっと答えた。

「その費用は京丹後大学の予算ですか」

真冬は突っ込んで訊いた。

「まさか……わたしの沈船説は学会でもあまり支持されていません。大学に申請すること自体がナンセンスです」

榎本教授は顔をしかめた。

「では、どうやって工面なさったのですか」

真冬は身を乗り出すようにして訊いた。

「わたしの論文をお読みになった篤志家というか、丹後史ファンの方々が負担して下さったのです」

落ち着いた声音で榎本教授は答えた。

「それはいったいどなたなのですか？」

真冬は冷静に聞こうと努めた。

「一人一人のお名前はわかりません。ですが、舞鶴市にある《丹後史研究会》という団体です」

榎本教授はあっさり答えた。

これは調べる必要がありそうだ。真冬の胸はざわついた。

「《丹後史研究会》ですね。代表の方のお名前はわかりませんか」

期待を込めつつ、真冬は尋ねた。

「はい、五代友也という京都市内にお住まいの男性です。最初にわたしに連絡をくださったのもこの方です。五〇代くらいの温厚な方で、なんでも雑貨やファッションの通販会社を経営されているとのことです。商売が軌道に乗ってきたので、若い頃からの趣味だった歴史について愛好者団体を起ち上げたそうです。お話では舞鶴の出身だそうで、丹後半島の歴史、特に中世史に深い関心がある方なのです。それで学会発表したわたしの論文も読んでくださって感銘を受けて、この研究室にも二度ほどお越しになりました。その際に、実際に海洋調査をしてみようと提案してくださいました。調査費用も《丹後史研究会》が全面的に負担するとのことでした。わたしは本当に感激しました」

榎本教授は素直に喜んでいるが、真冬は引っかかりを感じざるを得なかった。

「スポンサーというか、協力する企業などもあるのですか」

真冬の質問に、榎本教授ははっきりと首を横に振った。

「いえいえ、いっさいありません。わたしは自分の研究を安易に商用利用されたいとは思っていません。このプロジェクトは純粋に歴史好きの愛好家の皆さまのお力で進んでおります。在野の歴史愛好家のみなさまのお力は大きい。わたしはそのことを実感いたしました」

榎本教授は言葉に熱を込めた。

海洋調査を持ちかけて、二〇〇万円以上という費用まで負担した《丹後史研究会》の存在は不自然ではないだろうか。さらに、先頭に立っている五代という男は何者なのだろう。

次の調査対象は間違いなく、《丹後史研究会》と代表の五代友也だ。

真冬はワクワクしてきた。

「海洋調査を《舞鶴海洋開発》に依頼したり費用を支払ったのは《丹後史研究会》なのですか」

この問いに榎本教授は首を横に振った。

「いえ、発注したのもわたしですし、業者に振り込んだのもわたしです。五代さんは最初に現金で三〇〇万円を置いてゆかれました。『これで好きに調査をすすめてください』と言ってね。二回の調査をしても二〇万円以上余りましたが、三回目用の費用の一部と言われたので、まだ手もとにあります」

榎本教授は唇をほころばせた。

となると、調査費用の流れを追っても《丹後史研究会》や、五代にはたどり着けない。

現金を置いてゆくというのも、どこか不自然な気がした。

「ついでに伺いたいのですが調査当日は、調査船のほかに見学船も出ていたそうですが」

この船についても訊かねばならない。

「ああ、そのこともご存じでしたか。見学船は《丹後史研究会》の皆さんが乗っていたのです。わたし自身も調査船ではなく、見学船に乗り込みました」

少しも隠すようすもなく、榎本教授は答えた。

「見学船は《舞鶴海洋開発》の船ではないようですが」

「はい、宮津市の《橋立マリン》という会社です。船会社は二社とも五代さんが紹介してくださいました。わたしは言われた通りに発注して代金を振り込みました。《丹後史研究会》は法人格がないので契約できないということで」

笑顔で榎本教授は答えたが、真冬は失望せざるを得なかった。

たしかに法人格を持たない団体では契約することは難しい。五代の主張は間違ってはいない。

法人格がなくとも取引主体と認められる余地がある「権利能力なき社団」という存在がある。だが、認められるためには一定の要件がある。《丹後史研究会》は単なる任意団体に違いない。

この振込の線からも、五代にはたどり着けない。

「見学船には《丹後史研究会》の会員の方が乗ったんですよね」

真冬は当日のことに質問を変えた。

「はい、全員が《丹後史研究会》のメンバーの方です。五代さんからのご希望があったので、学生も連れて行きませんでした。この見学は経費を負担している会員だけに留めたいとのことで、わたしも納得しました」

榎本教授はきっぱりと答えた。

「何人くらいの方が見学船に乗ったのですか?」

「二回とも二〇名ほどでした。一回目と二回目では顔ぶれがだいぶ違ったようですが……」

はっきりはわからないが、三〇名程度のメンバーがいたのだろうか。

「丹後地方の方ばかりなのでしょうか」

これは押さえておきたかった。

「はっきりはわかりませんが、京都訛りの人や大阪弁の人など各地からお越しだったようです。五代さん以外のメンバーについてはわたしは直接知らないのです。《丹後史研究会》の事務局に訊けばわかると思いますが……」

榎本教授は自信なさげに答えた。

《丹後史研究会》については、教授から詳しい情報は得られそうもない。

「当日の行程を教えて頂ければありがたいのですが」

真冬は質問を変えた。

「二回とも同じ行程なのですが、わたしたちは午前一〇時頃に宮津市の宮津マリーナ近くの《宮津ホテル》に集合しました。そのホテルの会議室で一時間半ほどわたしが講義を致しました。内容はもちろん、先ほどお話しした伊根水軍が隠した財宝のことです。昼食後、少し時間を空けて、宮津マリーナから一〇トンくらいの《文殊丸》という見学船に乗り込み伊根を目指しました。伊根沖の丹後鷲埼灯台付近の海域ですでに調査作業に当たっていた《舞鶴海洋開発》の調査船に接近して海上から調査のようすを三〇分ほど見学して宮津マリーナに戻りました。二日間とも天気がよく波も静かだったので、体調を崩すような人はいませんでしたね」

ゆったりとした表情で榎本教授は答えた。

「そのときの写真などは撮っていませんか」

真冬は期待を込めて訊いた。

「写真は撮っていません。わたしは写真を撮るのが苦手ですし、ロクな機材も持っていません。それに五代さんが最新のスマホで何枚か撮ってくださいましたのでじゅうぶんです」

榎本教授は静かに微笑んだ。

「五代さんが撮った写真は送られてきましたか」

気負い込んで真冬は訊いた。

「いまお見せしましょう」

「はい、ぜひ！」

スマホを取り出すと、榎本教授はタップを繰り返した。

目を見開いて画面に見入った。

榎本教授は五枚の写真を次々に見せてくれた。

見学船の上の人々のようすや海上の調査船を撮った写真だった。

残念ながら、人物を特定できそうな写真は一枚もなかった。

「第三回の計画は進んでいますか？」

真冬の質問に、榎本教授は眉を曇らせた。

「それが……五代さんからの連絡がしばらくないのです。こちらからメールしたら『本業が忙しいので春頃に連絡する』との返事でした。まぁ、急ぐ話でもないのでそのままにしてあります」

少し淋しそうに、榎本教授は答えた。

「いろいろとありがとうございました。最後に五代さんの連絡先をご存じならお教え頂きたいのですが」

少なくともメアドは知っているはずだ。

「五代さんのご自宅などの連絡先は知りません。舞鶴市の《丹後史研究会》の連絡先はわかります」

榎本教授はスマホに一枚の名刺を映しだした。

五代友也という名前のほかには、《丹後史研究会》代表という肩書きと、舞鶴市の研究会の住所、電話番号、メールアドレスしか書かれていなかった。

「名刺の写真を撮らせてください」

長倉が名刺の情報をカメラに収めた。

これ以上、榎本教授から得られる情報はなさそうだし、約束の一時間が終わろうとしていた。

「今日は急にお邪魔して、貴重なお時間を頂戴して申し訳ありませんでした」

真冬は深々とお辞儀をした。

「いやいや、わたしの研究に興味を持って頂き嬉しいです。現時点では記事にしないでくださいね」

榎本教授は上機嫌な声で答えた。

「承知致しました。お約束します」

真冬はにこやかに答えたが、今日の取材内容が《トラベラーズ・マガジン》に掲載されることはない。

このウソは調査のためには仕方がない。

研究室を出た真冬は収穫が多かったことに満足感を覚えていた。

京丹後大学にやってきたことは意味が大きかった。

事務室にあいさつして覆面パトに戻った真冬はさっそく長倉に自分の感触を伝えた。

「榎本教授はウソはついていないとわたしは思いました」

はっきりと真冬は確信していた。

「わたしもそう思いました。あの人は犯罪に手を染めるような人間ではないですよ。むしろ、詐欺の被害に遭いそうな純粋さを持っていると思いましたね」

長倉も大きくうなずいた。

「反対に《丹後史研究会》の五代友也って男は怪しいですね」

真冬は長倉の顔を見ながら言った。

「自分の連絡先を出さなかったり、振込という手段を避けたり、いろいろな条件が詐欺師らしいと思いました」

長倉の感触は真冬とまったく同じだった。

「でも、榎本教授は何の被害も受けていない。逆に海洋調査の資金を得られていたわけですよね」

真冬は首をひねった。

「そこがわからないところなんですよ。五代という男はいったいなんのために榎本教授に近づき、海洋調査を勧めたのか。さらに多額の金まで出したのか」

長倉は低くうなって答えた。

「とにかく五代に連絡を取ってみます。さっきの名刺の写真を見せてください」

「了解です」

真冬が頼むと、長倉は一眼レフデジカメを返してきた。

真冬は膝の上に置いたデジカメの背面モニターを見ながら、スマホを手に取った。

「はい、《丹後史研究会》でございます」

そう若くない女性の声が返ってきた。

「代表の五代さんにお目に掛かりたいのですが」

真冬はあえて名乗らずに用件だけを口にした。

「五代は本日はこちらにはおりません」

素っ気ない調子で女性は答えた。

「そちらは何時まで開けていらっしゃいますか」

五代に会えなくとも、事務局に行けば《丹後史研究会》のなにかが摑めるだろう。

「午後五時まででございます」

「わかりました。ありがとうございます」

真冬は礼を言ってそそくさと電話を切った。

「長倉さん、舞鶴までどれくらい掛かりますか？　円満寺という住所なんですけど」

「舞鶴市円満寺ですね。ちょっとカーナビに訊いてみます」

ささっと長倉はカーナビを操作した。

「カーナビ上は四八分と出ました。一時間見れば余裕でしょう」

ゆったり笑って長倉は答えた。

まだ午後二時ちょっと前だ。

「これから舞鶴の《丹後史研究会》に行ってみたいのですが」

真冬は遠慮がちに頼んだ。

「もちろんです」

長倉は快活に答えて覆面パトを始動させた。

2

真鶴市内の目的地には一時間かからずに到着できた。

西舞鶴の駅近くの五階建ての古びたマンションの二階が《丹後史研究会》の住所だった。

たしかにドアには《丹後史研究会》と記されたプレートが出ている。

インターホンの呼び鈴ブザーを鳴らすと、さっきの電話の女性の声が返ってきた。

「どちらさまですか」

電話よりも力のない声だった。

「《トラベラーズ・マガジン》の朝倉と申します」

真冬は、榎本教授のところで名乗ったのと同じ雑誌名を出した。

「どうぞお入りください」

なかから鍵を開ける音が響いた。真冬はアルミドアを開けた。

室内に入って真冬は目を見張った。

なにもないのである。

電話とＰＣが置かれたスチール机と椅子があるだけの狭い部屋だった。

本棚すら置いてない。従って書籍類もない。

これが歴史研究会の事務局とは驚きである。

入ってきた真冬たちの姿を見て、五〇歳くらいの紺ジャンパー姿の女性が立ち上がった。

化粧っ気のない地味な感じの痩せぎすの女性だった。

「失礼ですが、《丹後史研究会》の事務局の方ですよね？」

真冬は大きな違和感を抱きつつ問うた。

「そうですが……」

ぼんやりとした声で女性は言った。

「こちらの会について取材したいのですが」

真冬の質問に、女性はありありととまどいの顔を見せた。

「申し訳ありません。わたしにはなにもわかりません」

女性はかるく頭を下げた。

「だって、事務局でいらっしゃるんですよね？」

真冬は念を押さざるを得なかった。

「わたしは事務代行サービスの会社から派遣されているだけなんです。電話が掛かってくると指定された番号に電話して指示された回答を掛けてきた方にお伝えするのが仕事の一つです。あとは郵便物の授受ですね。こんな郵便が来たとお伝えして、指示通りに返事を書くような仕事もしています」

女性は淡々と説明した。

「契約者の名前はどなたになっていますか」

問い詰めてはいけないと思って、真冬はやわらかく訊いた。

「代表の五代友也さんです」

「その方の連絡先はわかりますか」

真冬は期待を声ににじませた。

「この電話番号です」

女性はある携帯番号を教えてくれた。

真冬はすぐに電話したが、電源が入っていないか圏外であるとのメッセージが返ってきた。

落胆は隠せなかった。

「つながりませんね。ほかの電話番号などはご存じないですか」

無駄とは思いつつも、真冬は訊いた。

「いまの番号以外にわたしにはわかりません」

女性は困ったように答えた。

とすると女性の派遣元である事務代行サービス会社に訊くしかない。

五代が契約したときの連絡先があるはずだ。

「あなたご自身は、どちらの会社にお勤めですか？」

真冬は女性から本社の連絡先を訊いて電話してみたが、電話に出た男性は『顧客情報は開示できない』の一点張りだった。

捜索差押許可状を取らない限り五代の本当の連絡先は摑めないだろう。

捜査権のない警察庁職員の真冬には請求することはできない。

警部以上の警察官なら請求できるが、長倉は巡査部長だ。

それ以前に、捜査本部に無断で令状請求などできるはずもない。

仮に明智審議官に手を回してもらって京都府警の誰かに頼むとしても、現時点では京都地裁が令状を発給するだけの理由はない。

真冬はこの線はあきらめるしかないとの判断に落ち着いた。

「一般会員の皆さまの名簿はお持ちですか」

真冬は女性の顔をじっと見て訊いた。

「わたしは預かっていません」

気弱な声で女性は答えた。

会員名簿などというものは最初から存在しないのかもしれない。

いや、会員そのものが存在しない可能性は高い。

この線も追いかけることはできない。

真冬の失望は大きかった。

女性に礼を言って、真冬たちは部屋から出た。

「五代友也はクロですね」

長倉は断定的に言った。

「そうですね。《丹後史研究会》は実体がない団体のようですね」

真冬は渋い声を出した。

「なんのためにあんな事務局を設けているのかははっきりしませんが、形だけであることは間違いない。犯罪の臭いがぷんぷんします」

長倉は顔をしかめた。

「榎本教授が会員と呼んでいた人たちは、いったい何者でしょうか」

真冬は素朴な疑問を口にした。

「はい？」

長倉は裏返った声を出した。

「榎本教授の講義を聞いて、見学船に乗った人たちですよ」

「たしかに、二日間でそれぞれ二〇人くらいが参加したって言ってましたね」

大きくうなずいて長倉は答えた。

「二日とも参加した人もいるでしょうけど、三〇人近い人たちはなんのために集まったのでしょうか」

真冬は長倉の顔を見て言った。

「だが、《丹後史研究会》には実体がない」

独り言のように長倉は言った。

「その可能性は高いです。この人たちは、いったいどこの誰なんでしょうか」

繰り返して真冬は言った。

「うーん、わかりません」

長倉はうなった。

「もしかしたら、その人たちの正体を多少は知っているかもしれない人たちがいますね」

喋（しゃべ）っているうちに真冬に新しい考えが浮かんだ。

「え？」

長倉はきょとんとしている。

「見学船を出した《橋立マリン》です。たとえば、その船の船長とか」

真冬の言葉に長倉の顔はパッと明るくなった。

「《橋立マリン》は宮津市でしたよね」

真冬の答えを待たずに、長倉はスマホで調べ始めた。

「ああ、あった。宮津市波路か。営業時間は午後七時までですね……行ってみましょう」

「いいんですか？」

「朝倉さん、今日も《舟屋ハウス》泊まりでしょ？　帰りがけにちょっと寄るだけですよ。そうだな、片道五キロくらいの寄り道です。なんてことはない」

気楽な調子で長倉は言った。

「ありがとうございます。お願いします」

真冬はまたも長倉の力を借りることになった。

四〇分ほどで《橋立マリン》に到着した。

セーリングヨットのマストは見られない。

バウスラスターに載せられたプレジャーボートが並んでいる。

さらに一〇トン程度の小型船が二隻係留されていた。

伊根の丹海交通の観光船より一回りくらいちいさい。

真冬たちは片隅にある事務所に足を向けた。

「お願いがあるんですけど……」

遠慮がちに真冬は切り出した。

「なんでしょう?」

長倉は首を傾げた。

「こちらでは、わたしではなく長倉さんが刑事として名乗って質問したほうがいいんじゃないかって思うんです。ライターがアポなしで取材に来るのは不自然です」

どう考えても警察手帳を出したほうが話は早い気がする。

「えっ? でも、天橋立署の管内ですし……」

長倉は難しい顔をした。

「だめでしょうか?」

真冬は上目遣いに訊いた。

しばらく考えていた長倉はポンと手を打った。

「そうしましょう」

そう答えると、長倉は自動ドアから建物内に入っていった。

「こんにちはー」

長倉は大きな声を出した。

「いらっしゃいませ」

奥から白い綿つなぎを着た若者が出てきた。

胸に《橋立マリン》と青い糸で刺繍が入っている。

陽に焼けた大学生くらいのスタッフだ。

「天橋立署の者だけど、社長さんいるかな」

長倉は警察手帳を提示して身分を名乗った。

引っ込めるのが早いと思ったが、真冬は黙っていた。

スタッフの青年は引きつった顔つきになった。

「あ、はい」

スタッフはあわてて奥へ引っ込んだ。

「わたしがここの代表ですが」

スタッフと同じつなぎを着た六〇前後の男が、小走りに出てきた。

「天橋立署の長倉です。あのね、ちょっと聞きたいことがあるんですよ」

いくぶん上から目線で長倉は切り出した。

「なにか問題がありましたでしょうか？」

代表と名乗った男は不安そうに訊いた。

「いやいや社長、おたくに違法行為がどうのって話じゃないんです。八月一九日と二六日に伊根町の丹後鷲埼灯台付近に船出したでしょ」

くだけた調子で長倉は訊いた。

「ああ、そんなことがありましたな。うちはおもに貸切の遊覧観光の船を出しております。天橋立観光の船が中心です。あのときは、海洋調査の見学ということで、珍しかったので覚えております」

社長は目をしょぼしょぼさせながら答えた。

「その船は《文殊丸》って言うらしいんだけど、八月の二日間に乗っていた乗船客について訊きたいんですよ」

明るい声で長倉は答えた。

「はぁ……お客さまのことですか」

ホッとしたように社長は言って息をついた。

「そう。だから心配しないでいいんだよ。ところで、社長は《文殊丸》に乗っていたんですか」

長倉の質問に社長は顔の前で手を横に振った。

「いいえ、わたしはふだんは船に乗りませんから」

「そのとき《文殊丸》に乗り組んでいた船員さんに会いたいんですけどね」

やわらかい声で長倉は言った。

「船長がおります。呼んできますので、そこに掛けてお待ちください」

社長はかたわらに置かれたオレンジ色のビニールレザーベンチを指し示すと奥へ消えた。

真冬たちはベンチに腰を掛けた。

しばらくすると、社長と同じ年頃で同じつなぎの上にナイロンジャケットを羽織って、紺色のキャップをかぶった男性が現れた。

「《文殊丸》の船長です」

船長は頭を下げた。

「天橋立署の者だけど、忙しいところ申し訳ないです」

長倉はねぎらうように言った。

「ご苦労さまです」

船長はきちんと頭を下げた。

「去年の八月一九日と二六日に伊根沖まで船を出したこと、覚えてますか?」

気安い調子で長倉は訊いた。

「はい。伊根沖は宮津湾よりは波が高いことが多いのでいろいろと気を遣います。あの日のことはよく覚えておりますよ」

きちょうめんな感じで船長は答えた。

「そのときのお客さんについて、教えてほしいんですけど」

船長の顔を見つめて長倉は訊いた。

「榎本先生という京丹後大学の先生が中心でしたね。なんでも舞鶴の会社が出した海洋調査船の作業を見学するということでした。皆さんに船に乗れとか下りろとか案内していたのは五代さんという五〇年輩の人でした。お客さんは一、二人を除いて男性でした。ほとんどが高齢者でしたね。これはわたしの印象ですが、富裕層的な方が多かったです。言葉のようすではいろいろな地域からあつまっているようで、お互い初対面という感じの方が多かったですね。まぁ、おだやかな雰囲気でしたが、海洋調査船に出会うと、皆さん興奮していましたね」

天井へ視線をやって記憶を取り戻すようにして、船長は答えた。

「船長が知っている人はいませんでしたかね？」

長倉は言葉に力を入れて尋ねた。

「二人の方の顔はわかります。一人は去年の秋に、伊根の舟屋で殺された植木さんという方です」

船長ははっきりとした口調で言った。

真冬と長倉は顔を見合わせた。

「間違いないの？」

念を押すように長倉は訊いた。

「ええ、植木さんは市内在住の方ですし、伊根で起きた事件ですからね。地元紙やテレビでは顔写真も一時期かなり報道されてましたよ」

船長は言い訳するように言った。

真冬はドキドキしてきた。植木はこの海洋調査と関わりがあるのだ。

予想していたから海洋調査の筋を追いかけてきたのだが、見事に図に当たった。

「もう一人の知っている顔って言うのは？」

長倉は気負い込んで訊いた。

「相良武志さんって宮津市内在住の男の方です。たまたまわたしが知っていた人です。個人的に親しいわけではないいんですけど」

船長は淡々と答えた。

真冬はこころのなかに灯りが点ったような気がした。

相良という男性に会えば、五代の真の目的がわかるかもしれない。

「どんな人ですかね?」

あえて気安い調子で長倉は訊いた。

「《宮津ハウジング》っていう不動産会社の社長さんで、お金持ちですよ。宮津ロータリークラブの会員のはずです」

船長ははっきりとした発声で答えた。

植木と同じように、宮津市在住の富裕層のようだ。

「《宮津ハウジング》社長の相良武志さんですね」

長倉は確認するように繰り返した。

地元企業の社長でロータリークラブ会員とあれば、連絡先は間違いなく把握できる。

「ええ、七〇歳くらいだと思ったなぁ」

おぼつかなげに船長は答えた。

「ほかにこの二日間の伊根沖行きで気づいたことはありませんかね」

長倉の質問は終わりに近づいたようだ。

「そうですね、とくにないですが、榎本教授のことはほかの皆さんはすごく尊敬してるって雰囲気でしたね。あの先生、感じのいい人ですよね」

船長はにこやかにつけ加えた。

「大変参考になりました。それから、今日警察が聞き込みに来たことは内緒にしといてほしいんです。社長にも伝えてください」

ていねいな口調で長倉は頼んだ。

やはり捜査本部のことを気にしているのだ。

「ありがとうございました」

長倉が丁重に頭を下げたので、真冬もこれに倣った。

「大収穫でしたね」

事務所を出るなり、真冬は声を弾ませた。

「はい、これは風が吹いてきたって感じです」

嬉しそうに長倉は答えた。

覆面パトに乗り込むと、長倉はスマホを操作し始めた。

「《宮津ハウジング》は鶴賀って住所ですぐそこですよ。だいたい二キロくらいで、宮津駅の裏手です。行ってみましょう」

元気よく長倉は言って、真冬の答えを待たずにイグニッションキーをまわした。

3

駅の裏手にある《宮津ハウジング》は白い外装の三階建てのこぢんまりとしたビルだった。

長倉は覆面パトを客用駐車場に頭から突っ込んだ。

「ここも長倉さんがお願いします」

真冬の言葉に、長倉は渋い顔になった。

「捜査本部の者に見つかるとヤバいんですよ」

「でも……。旅行雑誌のライターが宮津の不動産屋を訪ねる理由はないです」

あたりまえのことだ。

「どうです。本部の者ってことで、朝倉さんが聞き込みをなさってくださいませんか」

言葉は丁重だが、有無を言わさぬ調子で長倉は言った。

「記章部分には警察庁って書いてありますよ」

真冬は抗議するような口調で言った。

警察手帳を開いた上半分が証票で、顔写真と階級、氏名が記されている。下半分は記章と呼ばれ、金色のバッジが付いている。このバッジには所属が彫り込んであるのだ。

長倉なら「天橋立警察署」と記されている。真冬の記章は「警察庁」だ。警察庁職員が捜査に来るはずはない。

「所属名を指で隠しちゃえばいいじゃないですか」

平気な顔で長倉は言った。

「そんなぁ」

真冬は嘆き声を上げた。

「僕が詐欺案件の聞き込みをしているのが、捜査本部にバレると怪しい動きをする人間がでてくるかもしれません」

難しい顔つきで長倉は言った。

真冬は覚悟した。

「わかりました。京都府警と名乗ります」

ため息をつきながら真冬はあきらめの言葉を口にした。

もともと真冬はウソが苦手だ。

ウソばかりつかなければならない地方特別調査官の職は、その意味では向いていない。

あきらめて真冬は駐車場を社屋に向かって歩き始めた。

「うわっち」

とつぜん身体が前に放り出された。

両膝に激痛が走った。

駐車場の車止めに右足を引っかけたのだ。

真冬は前に放り出されるところを両膝で防御した。

受け身のために突き出した左の掌にも痛みが走った。

なんとか両手を突くことができ、顔面は守られた。

「あちゃー」

起き上がった真冬のそばで、長倉がぼう然としている。

「朝倉さん、大丈夫ですか」

「大丈夫です」

真冬は照れくさくなってうつむいた。

「ケガしてませんか」

「はい、すみません」

警察手帳を提示する場面をあれこれ考えていたらこの始末だ。

真冬は、とんでもなくドジでもあるのだ。

両方の掌を見ると、擦り傷ができてうっすらと血が滲(にじ)んでいる。

所属名を隠すと同時に、この傷も隠さなければならなくなった。

真冬はこころのなかで苦笑した。

社屋の自動ドアを通って真冬たちは店内に入った。

「いらっしゃいませ」

白い天板のカウンターが伸びていて、三人の紺色の制服を着た女性たちが声をそろえてあいさつしてきた。

後ろには事務机が並んでいてスーツ姿の男女が椅子に腰を掛けていた。

店内右手にはいくつもの個人ブースが並んでいる。

「京都府警の朝倉と言います。社長さんにお話を伺いたくて参りました」

真冬は右手の指の配置に気を遣いながら警察手帳を提示した。

店内の男女がいっせいに真冬に注目した。

真冬はあわてて警察手帳を閉じてポケットにしまった。

それこそ警察手帳規則違反だ。

気まずい思いで一瞬うつむきかけた真冬だが、気を取り直して顔を上げた。

「警察の方ですか」

奥に座っていた五〇歳くらいの男性が立ち上がって真冬の顔を見た。

「はい、社長さんからお話を伺いたいのです。いらっしゃいますか？」

真冬はやわらかい口調で訊いた。

「少々お待ちください」

でっぷり太った男性社員はカウンターに置かれた電話の受話器をとった。

「警察の方がお見えですが……はい、承知しました」

ほんのひと言で男性社員は受話器を置いた。

「二階へご案内します。どうぞ」

男性社員は先に立ってエレベーターのところに真冬と長倉を案内した。

二階に上がると、廊下沿いにいくつかの扉が並んでいた。

真冬たちは右手の応接室に通された。

豪華なグレーのソファと書棚が置かれた六畳ほどの部屋だった。

窓にはブラインドが下りていて、部屋の隅にはシマトネリコの大きな鉢が置いてあった。

「こちらでお待ちください。いま、社長が参ります」

それだけ言うと男性社員は廊下へ出て行った。

ドアが開いて快活な声が響いた。

「やぁ、ようこそお越しくださいました」

部屋に入ってきたのは、前髪長めツーブロックの三〇代半ばくらいの男だった。

「朝倉と申します」

「長倉です」

真冬たちは立ち上がって次々に名乗った。

「社長の相良です」

相良は笑顔で名乗った。

仕立てのよいチャコールグレーのスーツを着込んでいて、左腕にはロレックスが光っている。

不動産会社の社長にふさわしい身仕舞いではあるが、歳が違う。

見学船の船長は、相良は七〇歳くらいと言っていた。この男は相良武志ではない。

男は真冬たちが座っている正面にどかっと座った。

「失礼ですが……相良武志さんが社長と伺ったのですが」

真冬はけげんな声で訊いた。

「親父はこの正月に亡くなりました。心筋梗塞で七三歳でした」

しんみりとした声で相良は答えた。

「それは……とんだことでお悔やみ申しあげます」

真冬と長倉は次々頭を下げた。

「恐れ入ります」

きまじめな感じで相良も一礼した。

「ご子息さんですね」

「はい、長男の武之（たけゆき）と申します。そんなわけで若輩者ですが、二代目の社長を務めております」

相良はグッチの名刺ケースから二枚を取り出して真冬たちに渡した。

真冬たちは名刺を渡さなかった。

と言うより、渡すことができないのだ。

「失礼します」

ノックの音がして、さっきカウンターのところにいた制服姿の若い女性が緑茶を運んできた。

「どうぞおかまいなく」

真冬の言葉に女性はお盆を胸の前にあてたまま、笑顔でお辞儀すると廊下へと去った。

「それで、今日はどんなご用件でお見えでしょうか」

一瞬、顔を曇らせて相良は聞いた。

「実は、昨夏、お父さまは京丹後大学の榎本教授が伊根沖で行なった海洋調査の見学船にお乗りになっていましたよね？」

真冬の言葉を聞いていた相良の顔が、みるみる明るくなった。

自分の会社が捜査されているのでないとわかったからに違いない。

「ああ、その話は聞いています。わたしは止めたんですよ」

ハキハキとした声で相良は答えた。

「止めた？　船に乗ることを止めたのですか？」

真冬の問いに、相良はちいさく首を横に振った。

「というか、《丹後史研究会》の活動に参加すること自体を止めたんです」

きっぱりと相良は答えた。

「なぜですか」

畳みかけるように真冬は訊いた。

「うさんくさいからです」

はっきりとした声で相良は答えた。

「どういうことですか」

胸をときめかせて真冬は訊いた。

「歴史の研究会なんて名目だけですよ。実体は投資ビジネスです。《丹後史研究会》のメンバーってのは出資者か出資を検討している人たちです。決して歴史ファンなんかじゃないんですよ。自分の父親を悪く言いたくはありませんが、金の亡者たちです」

吐き捨てるように相良は言った。

「く、詳しく教えてください」

投資ビジネスと聞いて、真冬の舌はもつれた。

「榎本先生の説によれば、伊根沖の海中には安土桃山時代の一色氏の財宝が眠っているそうですね。で、五代って男が親父たち富裕層に投資を勧めてたんですよ。『海中に眠っている一色氏の財宝を引き揚げれば時価数百億円になる。その費用を捻出するために一口百万円からの投資を募る。事業が成功の暁（あかつき）には最低でも十倍のリターンを約束する』という触れ込みです。どうです。いかにも、うさんくさいでしょ」

相良はにやっと笑った。

「たしかに……」

そういう構図だったのか。

目の前の霧が晴れてゆく気分だった。

海洋調査や《丹後史研究会》の不自然な点の辻褄がすべて合う。

「はっきりと投資詐欺の臭いがしますよね。契約書までは見てないけど、出資だけさせて後はドロンって構図が見え見えじゃないですか。財宝詐欺ってのはむかしから後を絶ちません。かの有名な『M資金詐欺』だって、財界の大物を標的に現在も闇でうごめいているグループがあると聞いています」

相良はしたり顔で言った。

「本当ですか！」

真冬は驚きの声を上げた。

M資金とは、GHQが占領下の日本で接収した財産などを基礎として、現在も極秘裡に運用されている秘密資金である。という話は実証されたことはない。つまりウソ話なのだ。

「わたしは不動産屋だからそうした怪しいブローカーも何人か知ってます。五代って男は間違いなく詐欺師ですよ」

またも吐き捨てるように相良は言った。

「五代は詐欺師……」

真冬が言葉をなぞると、相良は強くあごを引いた。

「親父だってこの会社を一代で興したくらいですから、そんな話に乗るような人間じゃないはずなんですけどねぇ。残念ながら昨年くらいから判断力が鈍ってきたんですよ。で、もと京都府立大学のえらい学者先生が太鼓判を押してるんだから間違いない、投資なんてリスクがあって当然だって言い張ってたんですよ」

相良は顔をしかめた。

「榎本教授も五代という男と気脈を通じてたんでしょうか」

教授は真冬の感覚では詐欺師一味には見えなかった。

「個人的に調べた範囲では違いますね。その先生はまじめに伊根沖の宝を信じているんですよ。僕の知り合いで、宮津市教育委員会の本城先生っていう社会教育主事の方に聞いたら、教授の学説は極端少数説で、学会ではあまり相手にされていないという話でした。榎本教授はかつて北陸中世史で脚光を浴びてた人物なんですが、ここ数年は研究の方向性に学会から疑問を呈されているという話なんですよ。本城先生は昨夏に行われた海洋調査にもさかんに首を傾げてました。つまり榎本先生の権威は『詐欺の呼び水』ってヤツでしょう。ちょっと意味は違うけど会社設立のときの『見せ金』にも似ているところがある。失礼だけど、榎本先生ご自身もうちの親父みたいにちょっと判断力がおかしくなってんじゃないんですかね。先生の権威を利用したい五代の誘いにうまうまと乗ったんですよ。この詐欺は年寄りの権威を利用して年寄りの欲張りを騙すって構図ですね。幸いにも親父は、僕がほかの投資を勧めたら、手を引いてくれましたがね」

のどの奥で相良は笑った。

真冬はホッとする自分を感じていた。

あの無邪気な教授が詐欺師であってほしくはなかった。

「なるほど、いろいろなことが腑（ふ）に落ちました。ところで、五代が出資を募った際のパンフレットなどは残っていませんか」

　真冬は期待を込めて訊いた。

「ああ、そうしたものはいくつかありましたが、親父が死んだときにみんな捨ててしまいました。なにせ遺品整理が大変だったもので……」

　渋い顔で相良は答えた。

「出資金の振込先などはわかりませんか」

　どうか知っていてくれと願いながら真冬は訊いた。

「名前だけは覚えています。事業会社は京都市に本社のある株式会社《日本ライジングプランニング》です。ネットでさんざん調べましたが、この会社の名前は出てきません」

　真冬はこころのなかで快哉を叫んだ。

　この会社を調べていけば、五代にたどり着ける。

「ほかに《丹後史研究会》や榎本教授の海洋調査についてご存じのことはありませんでしょうか」

　真冬は最後に念を押した。

「僕が知っていることはすべてお話ししました」

相良はにこやかに笑った。

勧められた茶を飲んで、真冬たちは《宮津ハウジング》の社屋を後にした。

今度はコケないように注意して、真冬は駐車場を歩いた。

「ちょっと今日の経過について部下に連絡します」

覆面パトに戻ると真冬は長倉に言った。

「どうぞごゆっくり」

長倉は上機嫌で答えた。

相良からたくさんの材料をもらえたことに満足しているようすだった。

「お疲れさまです。今日も歩き回ったのですか」

すぐに電話に出た今川が訊いてきた。

「今日は協力者の長倉さんに運転してもらって伊根町、京丹後市。舞鶴市、宮津市と動きまわったのよ」

じっさい、今日はよく動いた。

「それは大変でしたね。で、お昼はカニの炭火焼きとかですか？」

今川はまじめな声で訊いてきた。

「え？　カニ？」

　真冬は間抜けな声を出してしまった。

「京丹後市の名物と言えばカニですよ。間人ガニってブランドのズワイガニがあるでしょ？」

　今川は平らかな口調で言った。

　そこまで調べている余裕はなかった。

「知らなかった。残念ながら、駆け足だったのでお昼はウドンだよ」

　真冬はさらっと答えた。

「それはもったいない。ブリと並んでカニも旬の季節なのに……」

　どこまで本気なのか、今川は笑い声を立てた。

「キミとグルメ談義している場合じゃないのよ。いろいろ成果が上がったんだから……」

　真冬は朝からの経過を話した。

「すごい！　犯人らしき五代って男が浮かび上がったんですね。それはカニ三杯分のお手柄ですね」

今川ははしゃぎ気味の声で言った。

「とにかく《日本ライジングプランニング》について調べてちょうだい」

真冬は今川に新しいタスクを課した。

「承知しました。しっかり調べます」

今川は素直に答えた。

「それから明智審議官にメールでいいから報告しておいて……まだ移動中だし、早めに伝えたいから」

真冬はクタクタだった。いまは明智審議官に連絡する余裕はなかった。

「えーっ、それは……」

今川ははっきりと嫌がっている。

「よろしくお願いね」

有無を言わさぬ口調で真冬は頼んだ。

「仕方ないなぁ。お土産待ってますからね」

今川はあきらめたような声を出して電話を切った。

「伊根に戻りましょう。夕飯は今夜も《日出鮨》でいかがでしょうか」

明るい声で長倉は言った。

「大歓迎です」

抑えようとしても真冬の声は弾んだ。

また、伊根の海の幸に出会える。

「じゃ、七時に予約入れときます」

長倉はスマホを手に取った。

クルマは伊根への道を走り始めた。

ちょうど伊根町へ入ったあたりで真冬のスマホに着信があった。

液晶画面には明智審議官の名前が表示されている。

真冬は緊張しつつ電話をとった。

「お疲れさまです」

真冬の言葉に明智審議官は答えもせずに、いきなり用件に入った。

「朝倉の今日の調査経過について今川から報告があった。海洋調査が投資詐欺の呼び水として行なわれたことには疑いがない。また、投資者であった植木氏がその詐欺の悶着で殺害された可能性は否定できない。《日本ライジングプランニング》については、京都府警の刑事部長にわたしから直接連絡して今後の捜査方針について協議した。捜査二課は同社についてたくさんの情報を持っていた」

いつものように明智審議官は淡々と説明しているが、真冬は耳をそばだてた。

「《日本ライジングプランニング》には犯罪の嫌疑があるのですね。やはり五代は同社と関わりがあるのですか」

真冬は気負い込んで訊いた。

「明日、天橋立駅午前一〇時四〇分着の《はしだて一号》で捜査二課の捜査員数名が現地入りする。朝倉は捜査二課の者たちと合流しろ。主任捜査員は湯本管理官だ。五代との関係など詳しいことは湯本管理官が朝倉に説明する」

明智審議官はそれだけしか言わなかった。

電話で簡単に話せるような内容ではないのだろう。

こうなると、突っ込んで明智審議官に訊くわけにはいかない。

真冬としては、指示に従うしかない。

「了解しました。《はしだて一号》ですね。承知しました。その時間に天橋立駅に行きます」

仕方なしに真冬は了解と答えた。

「到着した湯本管理官と協議して明日の行動を決めろ」

明智審議官は感情の感じられない声で話を進めた。

「わかりました。ところで、天橋立署に開設されている捜査本部に対してなんらかのアタックをすべきでしょうか」

これは訊いておきたいことだった。

「まだ接触するな。時期が来たら、あらためてわたしから指示する」

電話を掛けてくる回数も多いし、明智審議官はいつも以上に慎重な気がする。

「了解しました」

電話は真冬の答えを待たずに切れた。

真冬はスマホをポケットにしまうと、長倉に顔を向けた。

「明日、宮津入りする府警本部の捜査員と合流せよとの命令を受けました。《日本ライジングプランニング》はやはり怪しいようです」

真冬は煮え切らない言葉で言った。

「やはりそうですか」

長倉は張り切った声で言った。

「はい、京都府警本部の捜査二課は同社についての情報を持っているようです」

「五代との関係は」

気負った声で長倉は訊いた。

「明日、捜査二課の捜査員が説明してくれるそうです」

「なんだかもどかしいですね。詳しい話を知りたいな」

長倉はじれたような声を出した。

真冬こそもどかしかった。

「明日《はしだて一号》で宮津入りする捜査二課の湯本管理官が説明してくれるそうです」

いまはそれしか答えられない。

「え……」

長倉の顔が不思議に引きつった。

「ご存じなんですか？」

「ええ、まぁ……」

長倉は答えをはぐらかした。

「もとの上司とか？」

真冬はしつこく訊いた。

「いや、それはいいじゃないですか……さぁ、《日出鮨》に向かいましょう」

長倉はせわしなく車を発進させた。

湯本という管理官は嫌な男なのだろうか。

まぁ、言う必要があれば長倉は説明するだろう。

伊根に戻ることに真冬は胸の高鳴りを覚えていた。

また、あのバルコニーで美しい夜空と海が見られるのだ。

真冬は伊根の美しさに惚(ほ)れ込んでいた。

第四章　悲しみの捜査

1

今日は朝から雪がちらついていた。
伊根の海は濃い紺色に沈んでいる。
真冬はビクビクしながらフィットのステアリングを握った。
ことに狭い道で対向車のバスがやってこないことを祈った。
だが、後ろをゆっくり走ってくれる長倉のおかげで、無事に天橋立駅前に着いた。
レンタカーを返して、真冬は新しくきれいな駅舎に向かった。
長倉は観光客用の駐車場にクルマを入れて後から合流した。

二人は改札口の前で《はしだて一号》を待っていた。

なぜか長倉がそわそわと落ち着かない。

改札口から見えるホームに、行きに乗ったのと同じ白い車体の特急列車が入ってきた。

しばらくすると、観光客に混じって黒いコート姿の一団が下りてきた。

五名の男性と一名の若い女性だ。

もの堅い雰囲気のこの連中が捜査二課の捜査員たちと容易にわかった。

集団のなかから若い女性が抜け出て、真冬に駆け寄ってきた。

「失礼ですが、朝倉調査官でいらっしゃいますか」

若い女性はにこやかに声を掛けてきた。

「はい、朝倉真冬です。捜査二課の方々ですね」

真冬は愛想のいい声を出した。

後ろに立ったスーツ姿の男たちが、いっせいに身体を折った。

「お待たせして申し訳ありません。京都府警の湯本智花(ちか)です」

最初に声を掛けてきた若い女性がはっきりとした発声で名乗った。

「えっ、あなたが……」

真冬は驚きの声を上げた。

管理官の階級は警視だ。この集団のリーダーで違いないが、智花は二〇代なかばとしか思えない。

智花は美しい顔立ちだが、笑うとさらにかわいさが引き立つ。刑事には、いや警察官にはとても見えない。

背後に立つ捜査二課の刑事たちは、いかつい身体だが、聡明そうな顔つきの男たちが多い。

「わたし朝倉さんの二期下なんです」

嬉しそうに顔をほころばせた。

つまりキャリアだ。二期下となると、二七、八歳のはずだ。

目鼻立ちがすぐれていて小顔だから、智花は若く見えるのだろうか。

捜査一課は経験がなによりも重視される。一課長も管理官もノンキャリアのたたき上げだ。

管理官となると、まずは四〇代後半以降だ。

一方、捜査二課が扱うのは、詐欺・横領といった知能犯と金融機関や会社の役職員が行なう不正融資・背任といった企業犯罪、政治家や公務員などの贈収賄、買収・投票偽造などの選挙犯罪、さらには通貨偽造・文書偽造だ。所轄では知能犯係が扱う事件だ。法律に詳しいことが要求されるので、二課長や管理官にキャリアが配置されることも珍しくはない。

明智審議官も若い頃に、石川県警の捜査二課管理官を経験している。

「それはそれは」

真冬は親しげな声を出した。

「ええ、京都は二番目の赴任先です。今回の朝倉調査官の調査内容については二課長から詳しく伺っています。うちのほうで捜査していた事件と関連しています」

まじめな顔になって智花は言った。

「上司の明智審議官から湯本さんと相談して調査を進めるように命じられています」

今日の行動は智花がもたらす情報によって決まる。

「承っております。明智審議官はかつてうちの課長の上司でいらしたこともあるのです。ぜひともご指導ください」

智花はきまじめに頼んだ。

明智審議官は京都府警の捜査二課長とは親しいのかもしれない。

「いや、わたしには指導なんてできませんけど……仲よくやりましょうね」

真冬はにこやかに言った。

「よろしくお願いします」

智花は深々と頭を下げた。

「湯本警視、ご無沙汰しております」

真冬の後ろに隠れるように立っていた長倉が、前に出てきてあいさつした。

「な、長倉さん」

智花は目を見開いた。

「はい、いまは天橋立署の刑事課強行犯係にいます。今日は朝倉警視のお供です」

長倉は照れたように笑った。

「お供だなんて、二日前から調査に協力して頂いています。すごく頼りになる方です」

真冬はお世辞でもなく言った。

「そうです。長倉さんは頼りになります」

智花は深くうなずいた。

「湯本って聞いてから、もしやとは思ったけど、まさか智花ちゃんだったとは」

長倉は親しげな声を出した。

「わたしもまさか長倉さんにお目に掛かれると思っていませんでした」

智花は嬉しそうに笑った。

二人はどういう関係なのだろう。

警視のことを智花ちゃんなどと呼ぶし、どうやらかなり個人的に親しそうだ。

しかし、いまはそんなことを詮索（せんさく）している場合ではない。

事件について、智花から得られる情報をもらわなければならない。

「これからどうしますか」

真冬の問いに、智花は道路の向こう側を指さした。

「近くの観光ホテルを数部屋借りてあります。そちらを仮の前線本部にします。ご一緒頂けますか」

遠慮がちに智花は訊いた。

「はい、もちろんです」

言うまでもない。駅構内では捜査の話などできるはずがない。

ホテルを前線本部にするとはきわめて異例の措置だ。

通常は、天橋立署に向かうはずだが、それを避ける理由があるのだろう。

府警の捜査二課は、捜査一課が仕切る捜査本部には内密に捜査を進めるつもりらしい。

真冬の本来の調査目的である京都府警内の不正が浮き彫りになってくるかもしれない。

高鳴る胸を真冬は抑えた。

「稗貫(ひえぬき)たちは予約してあるレンタカーで被疑者宅付近に向かい監視につくこと。今回の件では、天橋立署の協力は得られません。また監視していることも知られたくない状況です。じゅうぶんに注意してください」

厳しい声で智花は命じた。

「了解です。被疑者と天橋立署に気づかれないように監視に当たります」

いちばん年かさの刑事が野太い声で答えると、ほかの四人とともに立ち去った。

真冬たちは駅舎を出た。

幸いにも雪がやんで明るい陽ざしが降り注いでいた。

タクシーに乗るかと思ったが、智花は道路を渡った。

真冬と長倉も後に続いた。

駅からすぐ近くの立派な観光旅館に智花は入ってゆく。

この旅館も検討した。駅近くで便利だが、一人では泊まれなかったのでパスした。

最近は二人連れも受け入れているようだが、日本旅館は四人客を基本単位として設計されていることが多い。

ひとり客である真冬は根拠地にできないことが多かった。

まだ一一時前だ。昨夜の宿泊客を送り出したばかりのロビーはガランとしていた。

智花が率先してチェックインカウンターに向かった。

この時間にチェックインするわけだから、事前に京都府警が要請しているはずだ。

「あの……朝倉さんの今夜のお宿は決まっていますか?」

振り返って智花が訊いた。

「いえ……実は探そうと思っていました」

真冬は首を横に振った。

今夜の宿は午前中のうちに探そうと思っていた。

「よろしければ朝倉さん、今晩、一緒のお部屋に泊まりませんか」

笑みを口もとに浮かべて智花は訊いた。

「そうして頂ければ助かります」

本当にありがたい。

まだ、現地に居続ける必要がある。

天橋立署にはいずれ乗り込まなければならないのだ。

が、ビジネスホテルとなれば京丹後市内に宿をとるしかない。伊根や天橋立から遠くなってしまう。

「食事の提供はありませんし、あまり眠れないかもしれません。今回は短期決戦を予定しています」

ちょっと緊張した声音で智花は言った。

「了解です。ありがとうございます」

真冬は頭を下げた。

チェックインを済ませた智花は真冬たちが立つ方へ向かって歩いてきた。

「湯本さま、ご案内します」

和服姿の仲居がやってきた。

真冬と智花、長倉は三階の部屋に案内された。

八畳ほどの部屋に入ると、目の前の右手には天橋立がよく見える。

「わ、きれいな景色！」

真冬は状況を忘れてちいさく叫んだ。

「ごゆっくり」

お茶を淹れて仲居は去った。

ゆっくりするわけにはいかないが、のんびりと景色を眺めていたいような部屋だ。

「では、湯本さん、現在捜査二課が摑んでいる情報を教えてください」

茶を口にすると、真冬はさっそく切り出した。

「はい、最初に御礼申しあげます。昨夜、明智審議官からうちの課長にもたらされた情報のおかげで捜査が一気に進展しました。すべて朝倉さんのおかげです」

智花は頭を下げた。

「はい？」

真冬は面食らって奇妙な声を出してしまった。自分がなにをしたというのだろう。

「実は五代友也を名乗る男については以前から詐欺容疑で捜査を進めていたのです。あの男は二年前にも京都市内で同じような財宝詐欺をやっていた疑いが濃厚でした」

智花は顔をしかめた。

「五代は以前にも詐欺をしているのですね！」

真冬はなかば叫ぶように言った、

五代はやはり詐欺師だった。さらに財宝詐欺もやっていたのだ。

「ええ、安土桃山時代に隠居所として豊臣秀吉が築いた指月伏見城という城がありました。慶長伏見地震によって倒壊し、新たな伏見城が木幡山に築城されました。この木幡山伏見城の跡地に江戸時代に多数の桃の木が植えられたことから秀吉天下の頃を桃山時代と俗称するようになったのです。五代はこの古いほうの指月伏見城に残されていた財宝の一部が琵琶湖に沈められているというインチキ話で出資者を募ったのです。五代は資金が貯まったところで逃亡していました。この事件の被害者から被害届が出ていたのですが、結果として捜査二課は立件できていませんでした。資金の流れが掴めなかったのです。五代自身が騙取した利益を得ているという証拠がなければ、立件できませんからね」

智花は悔しそうに言った。

詐欺罪は刑法第二四六条に規定されている。

第一項　人を欺いて財物を交付させた者は、一〇年以下の懲役に処する。
第二項　前項の方法により、財産上不法の利益を得、又は他人にこれを得させた者も、同項と同様とする。

雑な言い方をすれば、騙した人から金や物などの財産上の利益を得ることが必要なのである。

騙しただけでは詐欺罪を構成しないので立件に至らないのだ。

五代の金銭授受の証拠がなければ、法律上は騙取の事実は存在しなかったことになってしまう。

「伏見城の詐欺話は今回の伊根の詐欺と構図がそっくりですね」

真冬は驚いて言った。

「はい、詐欺師というのは自分の得意な専門というか、領域を持つものなのです。振り込め詐欺などの特殊詐欺はべつとしても、手形詐欺、寄付金詐欺、美術品詐欺、土地取引詐欺など、詐欺師は同じ手口を繰り返すことが多いです」

智花は厳しい顔で言った。

「五代は歴史のことでウソをついて投資者から騙し取る手口を得意にしていたのですね」

真冬は念を押すように訊いた。

「そういうことです。指月伏見城事件でもありもしない財宝話でたくさんの人を騙しました。わたしどもの推計では被害総額は二億円を超えます」

ふたたび顔をしかめて、智花は言った。

「二億ですか」

真冬は智花の言葉を繰り返した。

それくらいの金額を騙し取ったのなら、三〇〇万円くらいを海洋調査に使っても、なんと言うことはなかろう。まさに詐欺の呼び水だ。

「でも、いままで指月伏見城事件の金の流れはつかめず、わたしたちは切歯扼腕していたのです。今回は榎本教授を使って海洋調査をさせ、これを呼び水にするなど手口が巧妙になっています。ですが、調査会社は無人小型水中探査機などを用いたのでしょうが、出資者を騙すことだけが目的なのですからたいした調査はしていないはずです。だから費用も一回一〇〇万円程度ですんでいるのです。本格的な調査をしたらケタが違ってきます。でも、榎本教授は水中考古学は素人でしょうから、その点を怪しむことはなかったのでしょうね」

智花は考え深げに言った。

「では、榎本教授は騙されていたのですね」

捜査二課が榎本教授を従犯と目しているかは確認したかった。

「そうです。教授は利用されただけです」

さらりと智花は答えた。

「ホッとしました。昨日お話を聞いたのですが、どうしても詐欺に手を染めるような人物には見えませんでした」

真冬は安堵の思いをそのまま口にした。

とは言え、真実を知ったら、教授はどれだけ落胆することだろう。

　智花はやわらかい笑みを浮かべてうなずいた。

「とにかく、朝倉さんの調査のおかげで、わたしたちは五代を指月伏見城事件で立件することができます」

　明るい声で智花は言った。

「どうしてわたしの調査がそんなに役に立ったんですか」

　真冬は不思議だった。

「《日本ライジングプランニング》の名前を引き出してくださったからです。指月伏見城事件でも入金口座がどうしても摑めませんでした。五代は投資者ごとに複数の口座への振込を指示していたようです。《日本ライジングプランニング》は港区に本社を持つ送金代行業者です。五代の詐欺の従犯ではありません。ですが、指月伏見城事件では五代の資金を経由していた会社です。この会社名がわからなかった。我々は昨日、捜索差押許可状を得て、同社の家宅捜索と口座の捜査を行ないました。結果として伏見の事件での資金の流れが摑めました。いくつかの銀行から《日本ライジングプランニング》を経由し、その後数社を経由して五代の会社に多額の金が集まっていたのです。今回、投資者つまり被害者たちに、《日本ライジングプランニング》に投資金を直接振り込ませたのは、おそらく同社への振込を嫌う銀行が出てきたからではないかと睨んでいます。送金代行業者のなかには犯罪すれすれの代行業務を行う会社もありますからね。わたしたちが資金の流れを洗った時点では問題がなかったのですが、現在は同社の信用が落ちているのだと思います」

智花は難しい顔をした。

「では、今回の伊根の事件ではなく、指月伏見城事件の捜査というわけなのですね」

あらためて真冬は確認した。

「はい、伊根事件については、朝倉さんが調べてくださらなければ我々も知りませんでした。伊根事件の捜査はまだ端緒についたばかりです。植木さんのご家族への聞き込みも行なっていません。これからしっかりと捜査を進めて証拠を収集します。伏見の事件で五代を逮捕できれば、必ず伊根の事件も立件して見せます。さらに、こうした大型詐欺事件には、五代のような実行犯を指揮している『元締め』という存在が必ずいるはずです。わたしたちは五代の逮捕を通じて二件の詐欺事案の元締めに迫ってゆくつもりです」

智花は強い自信を見せた。

「五代友也はどんな男なんですか」

真冬はずっと抱いていた疑問を口にした。

「失礼しました。便宜上、五代と言っていましたが、これは偽名です。本名は矢野国雄(やのくにお)です。五五歳で経営コンサルタントを自称していました」

榎本教授は矢野が通販会社を経営していると言っていたが、これもまったくのでまかせだったわけだ。

「矢野の住まいはどこですか」

立て続けに真冬は訊いた。

「宮津市内に住んでいますので、現在、部下たちに監視させています。今日中には指月伏見城事件の逮捕許可状が発付され、わたしの部下が持参するはずです。発付され次第、緊急走行でここへ来ることになっています。明るいうちに届けば今日執行します。陽(ひ)が落ちたら明日の夜明けと同時に執行する予定です」

智花は言葉に力を込めた。

この夜間の捜索差押は人権を著(いちじる)しく侵害するとの考えに立つ規定の存在から、裁判所は捜索差押令状の夜間執行には慎重な姿勢を見せる。

逮捕状の執行についての規定はないが、逮捕に関して警察は日没後を嫌うことが多い。逮捕と同時に家宅捜索を行なう場合もあるし、逮捕後の取り調べが深夜に及ぶことを避ける意味もある。

「わたしも同行したいです」

矢野が逮捕されるというのに、この旅館でゆっくり寝ているわけにはいかない。

「はい、ご一緒しましょう」

智花は口もとに笑みを浮かべてうなずいた。

「ただ、わたしが追いかけているのは、矢野が犯人と思われる植木秀一郎さん殺人事件なのです」

逮捕に同行したとしても、真冬は傍観者に過ぎない。

「伺っております。歯がゆい思いをされるかもしれませんが、明日は詐欺容疑での逮捕となります。殺人容疑についてはその後の捜査の結果によるしかないです。ですが、矢野の身柄を確保できれば必ず道は開けます」

気の毒そうに智花は言った。

いまのところ矢野が犯人だとする証拠を真冬は収集できていない。

「その件については僕にまかせてください。捜査本部に報告して矢野を真犯人と考えて今後の捜査を進めてもらいます」

長倉が力強く言った。

「長倉さん、気持ちは嬉しいのですが、いまは動かないでください」

なだめるように智花は言った。

「なぜです。僕は植木秀一郎さん殺人事件の捜査本部にいるのですよ」

長倉は口を尖らせた。

「明智審議官と捜査二課長は、天橋立署の捜査本部内に矢野の協力者がいるという懸念を抱いています。少なくともわたしたちが矢野を逮捕するまでは、捜査本部に捜査二課の動きを伝えないでください」

真剣な声で智花は言った。

「僕も捜査本部の方針がおかしいことには気づいていました。しかし、まさか矢野の協力者とは……いったい誰なんです。そんなふざけた野郎は」

怒りに声を長倉は震わせた。

真冬の真の調査目的だ。

「いまの時点では確認できていません」

智花は冴えない声を出した。

そのはずだ。明智審議官が把握していて、真冬に伝えないはずはない。

「では、ひとつだけお願いします。矢野を逮捕したら、僕にも事情聴取させてください」

長倉は顔の前で手を合わせた。

「わたしも長倉さんと一緒に矢野の事情聴取をしたいです」

真冬も懸命に頼んだ。

「わかりました。その点については、上司に許可をもらってお返事します」

慎重に智花は答えた。

「よろしくお願いします」

きちんと真冬は頭を下げた。

長倉は不満そうな顔をしていたが、なにも言わなかった。

巡査部長が警視の決定に逆らえるはずはない。

「ちなみに、これが矢野国雄です」

智花はスマホの画面に映った一人の男のバストアップの写真を見せた。

「えっ」

真冬は大きな声を上げてのけぞった。

「どうかしましたか」

不思議そうに智花は訊いた。

「この男……知ってます。かつて刑事だった人です」

真冬の声は震えた。

「その通りです。いまから一五年ほど前に石川県警を自己都合で退職しています。最後の部署は本部の刑事部捜査二課です」

やはり父の仲間で、明智審議官が仲間と呼んでいたあの矢野だ。

父や明智、遊佐(ゆさ)、亡くなった戸次(へつぎ)とともに、湯涌(ゆわく)温泉にあった白雲楼(はくうんろう)ホテルの玄関前で陽気に笑っていた五人のうちの一人だ。

五人のなかではいちばん若かった矢野だ。当時は三〇歳と言うことになる。

二五年の月日を経て髪はかなり白くなり、顔中にしわが増えた。

が、逆三角形の輪郭や、特徴的な鷲鼻は変わらない。

見間違えることはないだろう。

ショックだった。

父の仲間が詐欺師になっていたとは……。

「どうして朝倉さんは矢野をご存じなんですか」

智花は首を傾げた。

「父の同僚だった男です」

低い声で真冬は答えた。

「お父さまも警官でいらしたのですか」

驚きに目を見開いて智花は訊いた。

「はい、石川県警本部の捜査二課におりました」

真冬は静かに言った。

「朝倉さんは刑事の娘だったんですか」

長倉も驚いたように真冬の顔を見た。

「わたしと同じ捜査二課ですね」

智花は親しみを込めて微笑んだ。

「ですが、わたしが子どもの頃に殉職しました」

真冬は暗い声でしか答えられなかった。

父の死は思い出すたびに悲しみがこみ上げる。

「お気の毒な……」

智花は目を伏せてかすれた声を出した。

「そうだったんですか……」

長倉も悲しげに言った。

「朝倉さんはお父さまの意志を継いで警察官になられたのですね」

智花はわずかに声を震わせた。

「いえ、そう言うわけでもないのですが」

真冬はあいまいに答えた。

関係はあるが、断言できない気もする。

「いずれにしても、わたしは直接の面識はないのです。矢野が逮捕されるからといってどうということはありません」

真冬はきっぱりと言い切った。

「それならよかったです」

安堵したように智花は言った。

しばらくすると智花のスマホが振動した。

「そう……自宅にいるんですね。そのまま監視を続けてください。動きがあったら、すぐに連絡して」

短いやりとりで智花は電話を切った。

「部下からです。矢野は自宅にいます。庭でコーヒーを飲んでいるそうです」

苦笑しながら、智花は言った。

逮捕状発付についての連絡はないままだった。

2

少し早いが、真冬たちはランチを取ることにした。

出かけた先は長倉がクルマを駐めた駐車場の近くのカフェだった。

古い倉庫を改装したそうで、大きな窓の明るい店だった。

ミッドセンチュリー風のインテリアに囲まれた店内で、真冬たちはスコーンとミネストローネのセットを頼んだ。

スコーンが美味しい。甘さがほどよく、麦の香りがとてもよい。

「さっき晴れてたのに、雨が降ってるんですね」

真冬はガラス窓を打つ雨を見て言った。

「丹後地方の近海では秋から冬にかけて浦西（うらにし）という季節風が吹きます。この風のせいで天気がコロコロ変わります。土居さんの話では伊根はこのあたりより顕著だそうです。本当は一〇月から一一月の終わりくらいの現象です。遅くとも年が明けた頃は収まるんですが、温暖化のせいか今日も目まぐるしい天気ですね」

あっという間にスコーンを平らげた長倉が説明した。

「そう言えば、むかし読んだ舞鶴を舞台にした短編ミステリで、登場人物が『弁当忘れても傘を忘れるな』という土地柄だと説明していました」

真冬は高校生の頃に、金沢の図書館で読んだ古いミステリを思い出していた。

たしかバツイチの女性検察官が主人公だった。

「その言葉は古くから言い継がれているそうです。僕はまだそんなに経験してません。土居さんの受け売りです」

照れ笑いを浮かべて長倉が答えた。

「土居さんってどなたですか」

カフェラテのカップを手にして智花が訊いた。

「ああ、伊根浦駐在所の駐在所員さんです。長倉さんの先輩でもう一人の協力者の方です。すごく力になって頂きました」

土居がいなければ島田船長に出会うこともなかった。

島田の言葉から調査は大きく展開した。

「朝倉さんのお人柄ですね」

智花はやわらかい笑みを浮かべた。

「どういうことですか」

真冬にはピンとこなかった。

「長倉さんみたいな方が親身に協力しているうえに、地元の駐在さんも味方になってくれるなんてすごいですよ」

まじめな顔で智花は言った。

「わたしが頼りないから助けてくださるんでしょう」

本音だった。いままでもたくさんの人に助けてもらってきた。

「そんなことはありませんよ」

智花はやわらかい声で言った。

食事を終えた頃、智花のスマホに着信があった。

「そう。ご苦労さま。それで何時頃到着できそう？　わかった。気をつけて来てください」

智花の顔がみるみる引き締まった。

電話を切ると、智花は真冬たちに向き直った。

「矢野の逮捕状が発付されたそうです。午後二時半までには届くはずです」

はっきりとした声で智花は言った。

「今日の日没は五時一四分ですね」

長倉はスマホを見ながら言った。

「では、本日執行します。午後三時過ぎには現着します」

智花は堂々とした態度で言った。

管理官の貫禄じゅうぶんだった。

「わたしは明智審議官に連絡します」

真冬はスマホを手に取って明智審議官の番号をタップした。

「いま電車の中だ。ちょっと待て」

電話の後ろに雑音が聞こえる。

「事態が進展したか」

しばらくするとクールな声で明智は訊いた。

「急展開しました。植木秀一郎さん殺害事件の犯人である可能性が高い五代友也が、午後三時過ぎに別件で捜査二課に逮捕されます……」

真冬は興奮気味に喋った。

「容疑は二年前の詐欺事件だな。捜査二課長から聞いている」

明智はまったく変わらぬ態度で答えた。

「そうです。指月伏見城事件の詐欺容疑です。男の本名は矢野国雄。審議官の部下で父の仲間だった矢野です」

いささかうわずった声で真冬は告げた。

「ああ……そうだな。あの矢野だ」

苦しげな声で明智審議官は答えた。

「ご存じだったのですか」

真冬は驚きの声を上げた。

明智は矢野が詐欺師だと知っていたのだ。

「二年前の矢野の事件については捜査二課長から聞いている。ただ、逮捕状の執行については知らなかった」

冷静な声で明智審議官は続けた。

「たったいま湯本管理官に発付されたと連絡が入ったところです」

明智が知らなくても不思議はあるまい。

「ではわたしのところにも追っつけ連絡があるはずだ。朝倉は湯本と行動をともにしろ」

明智の指示は予想通りだった。

「天橋立署に連行することになると思いますが、わたしはどうすればいいですか」

このことは指示を仰がねばわからなかった。

「一緒について行け。しばらく湯本管理官の部下のフリをしていろ。矢野に直接関わるな。次の行動は追って指示する」

明智審議官は淡々と言った。

「了解しました。協力者の天橋立署の長倉さんも一緒にいるんですが……」

いちおう聞いておくべきだ。

「天橋立署の捜査員にはなにもさせるな。逮捕にも同行させるな。そうだな、ふだんの捜査に戻らせろ。もちろん、捜査本部に矢野の殺人の嫌疑について報告させてはならない。これは厳しく伝えろ」

ことさらに厳しい調子で明智審議官は命じた。

「わかりました。伝えます」

電話はまたも一方的に切れた。

「湯本さん、明智審議官から、あなたの部下のフリをしていろと命じられました」

真冬は明るい声で伝えた。

「えー、そうなんですか。先輩が部下だなんてなんだかヘンですね。わかりました。

こき使うかもしれませんよ」

　智花はおもしろそうに笑った。

「長倉さん、申し訳ないんですけど、ふだんの捜査に戻ってください。こちらの逮捕については なにもしないで頂きたいのです。それから、捜査本部に矢野が植木さん殺害事件と関わりがありそうなことは報告しないでほしいんです」

　気まずい真冬は、つい早口になった。

「つまりなにもしないで、帰って係長に『どこで油売ってたんだ』って叱られてろってことですか」

　皮肉っぽい口調で長倉は言った。

「明智審議官のご意向はそういうことです」

　ここは明智のせいにしてしまうほかない。

「そんなぁ」

　長倉は嘆き声を出した。

「わたしも同じことですよ。指をくわえて見ているしかありません。ですが、明智審議官にはお考えがあると思います。追って指示を出すと仰っていましたから」

なだめるように真冬は言った。

「気持ちとしてはお断りしたいですが、警視監のお言いつけに背けるはずがありません。仰せの通りにします」

あきらめたような長倉の声だった。

「なんだか申し訳ないです」

捜査への情熱に燃えている長倉には気の毒だが仕方がない。

「事情聴取もなしですね」

力なく長倉は言った。

「いまの時点ではわたしも矢野には関われません」

真冬自身も残念なことだった。

「では、事情聴取の件について上司に相談しなくてよろしいですね」

智花は気が楽になったようだ。

真冬と智花はとりあえず宿に戻って、逮捕状の到着を待つことにした。

「じゃあ、無事の逮捕を祈っています。僕は叱られに署に戻ります」

不満な表情を残したまま、長倉はクルマに乗り込んだ。

ちいさくなっていく覆面パトのリアビューを真冬たちは見送った。
旅館の部屋に戻った智花は、さっそく部下に電話して逮捕の計画を話し合った。
あとはひたすらに逮捕状を待つだけの時間となった。
この宿には温泉も引かれていて、屋上階には露天風呂もある。
しかし、湯上がり姿で逮捕の現場に行くわけにもいかない。
真冬たちはお茶を飲みながら、お互いのことを話した。
智花は静岡県出身で、東大法学部出身のエリートだそうだ。
単純な正義感から警察官僚の道を選んだと言って笑っていた。
だが、現場に出されたことに不安を感じ続けているという。
「大丈夫だよ。わたしなんてノマド調査官だよ」
自嘲的に真冬は笑った。
「なんです。ノマドって?」
けげんな顔で智花は訊いた。
真冬は自分の地方特別調査官の職責について詳しく話した。
「明智審議官はよほど、朝倉さんの能力を評価してお人柄を信頼していらっしゃるんですね」

感じ入ったように智花は言った。

「どうして？　最初のうちは檜舞台から下ろされてドサ回りをさせられている旅役者の気分だったよ」

真冬は本音を口にした。

前回の能登半島の事件で明智の真意を知ってからは、そんなひがみ根性は完全になくなったが……。

「だって、たった一人で全国に調査にまわるなんてすごいですよ」

智花は言葉に力を込めた。

「そうかな？」

いままで考えたこともなかった。

「警察は組織力です。孤軍奮闘しなくてはならない朝倉さんはふつうじゃないです。そんな風に抜擢された朝倉さんに嫉妬しちゃいますけど、わたしにはとても務まらないです」

まじめな顔で智花は言った。

「湯本さん、買いかぶりすぎ」

　真冬は照れて笑った。

　そのとき、廊下から仲居の声が響いた。

「お連れさまがお見えです」

「どうぞ」

　智花は明るい声で答えた。

「失礼します」

　三〇歳くらいの二人のスーツ姿の男性が部屋に入ってきた。

　スポーツ刈りとふつうのツーブロックベリーショートの二人だ。

　監視についている五人とは別の男たちだ。

「逮捕状です。お届けします」

　スポーツ刈りの顔の四角い男が一通の封筒を手渡した。

　封筒から逮捕状を取り出した智花は内容を確認して、あごを引いた。

「米村(よねむら)、ご苦労さま。それじゃクルマに乗せてください。被疑者の監視に当たっている稗貫たちと合流します。宮津市小松の矢野宅までどれくらい掛かりますか」

智花はやわらかい口調で訊いた。

「はい、一五分くらいです」

米村と呼ばれた捜査員は真冬を見てけげんな表情になった。

「こちらは警察庁の朝倉警視です。協力してくださっています」

智花の言葉に二人の男はいっせいに身体を折った。

「よろしくお願いします」

真冬はかるく頭を下げた。

建物の外に出ると、すでに陽が差していた。

シルバーメタリックの覆面パトカーがエントランス前の駐車場に駐まっている。

真冬と智花が後部座席に収まるとクルマは駐車場を出て、府道を伊根方面へと走り始めた。

智花はスマホを手にした。

「逮捕状を入手し、宿を出ました。米村の話では一五分ほどでそちらへ着くそうです。わたしたちが到着し次第、逮捕状を執行します。全員に伝えてください。では、後ほど」

手短に部下に命じて智花は電話を切った。

クルマは右手に阿蘇海と天橋立を見て走っている。

スマホのマップで見ると、この先に笠松(かさまつ)公園という天橋立を見下ろす展望の名所があるようだ。

左手に現れた葬儀場の角を曲がると、クルマは坂を上り始めた。

畑地や住宅の間をしばらく進むと、黒いハイエースが駐まっていた。

ハイエースは、真冬たちの覆面パトの後を従いて来る。

さらに一〇メートルくらい先にシルバーメタリックのフィットが駐まっていた。このクルマはハイエースの後に続いた。

やがてT字路が現れると、覆面パトは迷いもせずに右折した。

真冬は不思議に思ってステアリングを握る米村の背中を見た。

「すでに捜査員たちは、気づかれないように何度も矢野宅周辺を訪れているのです」

まるで真冬の内心を見透かしたかのように智花が言った。

左手に白いＲＣ造りの豪邸が現れた。

「あれです」

智花は白亜の建物を見てつぶやいた。

ブロンズの門扉の前に三台のクルマは連なるように止まった。

智花が先にクルマを下り、残りの者も次々に地面に立った。

あっという間に智花と七人の刑事は、門扉の前に並んだ。

門扉の向こうの西洋風の庭には雪囲いを施された低木があちこちに見える。

庭の端にはアーチがあって、低木はバラの花のようにも思われた。

冬季のためか水は出ていないが、庭の中央には噴水も設けられていた。

「矢野さん、門を開けてください。警察です」

智花がインターホンに向かって声を張った。

「開けてくれなければ、乗り越えて庭に入ります」

毅然（きぜん）とした声で智花は言った。

カシャと音がして門扉が解錠された。

智花を先頭に捜査二課の八人はどっと門内になだれ込んだ。

八人は小走りに木製ドアの玄関に向かう。

「矢野さん、ここを開けてください」

呼び鈴のボタンを押しながら、智花は力強い声を出した。

しばらく待つと、ドアは内側から開いた。

写真でしか見たことのない矢野がよろよろとポーチまで歩み出た。

まさにこの男だ。父の仲間だった矢野国雄だ。

真冬は不思議な感慨に囚われていた。

「警察か……」

かすれた声で矢野は言った。

「京都府警です。矢野国雄さん、午後三時一八分、あなたを刑法二四六条の詐欺の容疑で逮捕します」

智花は逮捕状をひろげながら、堂々たる態度で宣告した。

稗貫が手錠を矢野の両手首に掛けた。

冷たい金属音が響いた。

「すべて……終わったな」

自分自身に言い聞かせるように矢野は言った。

二人の若い捜査員が両側について矢野を覆面パトに連行してゆく。

かたわらを歩いて権利の告知をしていた。

矢野は覆面パトの後部座席に乗せられた。

真冬と智花はフィットの後部座席に乗って天橋立署を目指した。

覆面パトは回転灯を出しサイレンを鳴らして、国道一七八号線を天橋立方向に走り始めた。

3

天橋立署にはおよそ二〇分後に到着した。

うすクリーム色の外壁を持つ三階建てのこぢんまりとした警察署だった。

宮津港の奥の海が見える位置に立っていた。

さすがに海とともに生きてきた街の警察署だ。

真冬たちが矢野を連行して建物内に入ると、一人の制服警官が近づいてきた。

「本部捜査二課の方々ですね」

制服警官は丁重な調子で尋ねた。

「そうです。詐欺事件の被疑者を逮捕し連行してきました」

智花は正確な発声で告げたが、制服警官は表情を変えなかった。

「二階へお運びください」

制服警官は先に立って歩き始めた。

「連絡入れてありますか?」

真冬は智花にささやいた。

「いいえ……」

智花はけげんな顔で首を横に振った。

「こちらの部屋です」

取調室のひとつに真冬たちは案内された。

室内を見て真冬は心臓が鷲摑みにされた気分だった。

「待っていたぞ」

机の横の椅子に座っているのは、スーツ姿の明智審議官なのだ。

真冬と智花は顔を見合わせた。

「明智さん」

かたわらに立つ手錠姿の矢野がかすれた声を出した。

「明智審議官……どうしてここに」

驚きに声を震わせて真冬は訊いた。

「すでに九時には東京を発っている。《はしだて五号》で宮津駅に着いたのは一四時二一分だ。朝倉の電話を受けたのはひかり号の車内だ」

何でもないことのように明智審議官は言った。

「京都府警の湯本と申します」

智花は身体をきちんと折って敬礼して名乗った。

「ご苦労。桜井二課長も別室に来ている。京都で合流した」

明智審議官は淡々と言った。

「捜査二課長から逮捕状発付のことをお聞きになったのでしょうか」

智花が不思議そうに訊いた。

「そうだ。昨夜のうちに今日の逮捕になることはわかっていた」

感情のこもっていない、いつもの声で明智審議官は答えると、あらためて声を張った。

「朝倉、湯本管理官、矢野を連れてなかに入ってくれ」

狭い室内にはもう一人の男が椅子に腰掛けていた。

長倉だ。どういうわけで長倉がここにいるのかははっきりしないが、明智審議官が取り計らったことに違いない。

真冬たちに黙礼してきて、長倉はにっと笑った。

真冬たちが室内に入ると、立ち上がった長倉がドアを閉めた。

「わたしと朝倉には捜査権がない。これは非公式の取り調べだ。指月伏見城事件についてはあとから正式に尋問してくれ」

明智審議官は智花に向かって言った。

「わかりました」

智花は素直に答えた。

「矢野、おまえが詐欺で逮捕されるとはな……しかし、わたしが訊きたいのはそのことではない。先に長倉巡査部長に取り調べてもらおう」

明智審議官はなかばぼう然と突っ立っている矢野に声を掛けた。

矢野はうつむいて、答えを返さなかった。

「矢野、奥の椅子に座れ」

矢野を座らせ、長倉はその正面の回転椅子に腰を掛けた。

「矢野、おまえ、なんで植木さんを殺した」

いきなり長倉は攻めに入った。

だが、矢野は口を閉ざしたままだった。

「黙秘してもロクなことがないのは、もとは警官だったんだから知っているだろう。捜査本部では犯行時に犯人ともみ合ったときに、植木さんの手の指の間に残った皮膚組織を採取してるんだ」

勝ち誇ったように長倉は言い放った。

矢野は「ぐっ」というような奇妙な声を出した。

ゆっくりと長倉は言葉を続けた。

「いままでは被疑者がわからなかったから手も足も出なかったが、いまは違う。DNA鑑定をすれば、誰の皮膚組織なのかはすぐにわかる。おまえは逃れられないんだ」

しばし、取調室を沈黙が襲った。

「植木は俺を脅してたんだ」

ぽつりと矢野は言った。

「脅していただと」

長倉の問いかけに、矢野はうなずいた。

「最初は金に目がくらんでほいほい二〇〇万を投資してきた。しかし、あいつはすごく疑い深い性格だった。伊根の漁師などから丹後鷲埼灯台付近の潮流の激しさなどを聞いて、そんな場所に宝が眠っているという榎本教授の学説に疑問を持った。植木は宮津市教育委員会社会教育主事の本城という専門家や京都大学の教授などの専門家のところにも行って榎本説が根拠希薄であることに気づいた。すると、俺の投資話をインチキだと見破った。俺は植木に二〇〇万を返した上に一〇〇万を乗せてやると言ってなだめようとした。だが、欲の皮の突っ張った植木はなんと三〇〇〇万を要求してきた。払わなければ、警察に言うと脅すんだ。俺はそんなに金を持っているわけじゃない。追い詰められた俺は植木を殺すことに決めた」

天野は暗い顔で言葉を継いだ。

「以前から伊根の舟屋は詳しく見ていた。あの舟屋が殺害場所としてふさわしいことも知っていた。月のない夜を狙って、俺は宮津駅の裏手まで植木を呼び出した。要求されていた三〇〇〇万の一部、一〇〇〇万を現金で支払うと騙してな。疑い深いくせに欲の皮の突っ張った植木はノコノコついて来た。警察に怪しまれるから俺は口座預金はほとんどない。持っているのは現金だと言ったら植木は信じて俺のクルマに乗った。現金の隠し場所があの舟屋だと言って伊根まで連れていき、植木の頭を海水に浸けて殺したんだ。たしかに最後にヤツは暴れた。あんたの言う皮膚組織はそのときに俺の手から剝がれたんだろう」

矢野は観念したのか一潟千里に犯行を自供した。

真冬にもしっくりくる供述内容だった。

「よくわかった。あらためていまの内容を供述してもらうからな」

長倉は厳しい声音で言った。

「ああ、録取書にとるんだろう。いまさら逃げられるとは思ってない。俺も一二年は警察にいたんだ。どこかの防犯カメラに俺のクルマも映っているだろう。いまの時代、刑事捜査は真犯人にターゲットを絞れば、ほぼ九九パーセントは逮捕できるからな」

開き直ったように矢野は答えた。

「では、わたしに代わってもらっていいかな」

明智審議官には珍しくやわらかい調子だった。

「かしこまりましたっ。あ、あ、明智審議官どの」

長倉ははじかれたように椅子から立ち上がると、あわてて挙手の礼を捧げた。

長倉がどんなに緊張しているかわかる。

室内での敬礼は身体を深く折る所作ときまっている。

挙手の礼は原則として屋外での敬礼だ。

そんなことは警察学校の学生だって知っている。

一瞬、声なく笑うと、明智審議官は矢野の正面の椅子に腰を掛けた。

「矢野、久しぶりだな」

静かな口調で明智審議官は切り出した。

「明智さん……長官官房にいらっしゃるんですか」

驚きの口調で矢野は訊いた。

「ああ、おまえと仕事していた頃と違って、すっかり現場を離れた」

明智審議官はむかしの部下に話すような口調で続けた。

「そうですか」

矢野はちいさくうなずいた。

「投資詐欺はおまえらしくないな。誰がその絵を描いた？」

明智審議官の問いに矢野はうつむいた。

そのまましばらく矢野は口を開かなかった。

「まぁいい。わたしが訊きたいのはそのことじゃない。ひとつはここの捜査本部内におまえの協力者がいるという噂があってな。誰なのか、ひとつ教えてくれないか」

のんきにも聞こえる調子で明智審議官は訊いた。

「ああ、つまらん野郎ですよ。二年ほど前、ギャンブルか女だかでマルBに義理の悪い借金作っちまったんです。ヤクザと話をつけてやって、三〇〇万を無担保無利息で貸してやったら、俺の言いなりです。今回も捜査を見当違いの方向に引っ張ってくれました」

矢野は乾いた声で笑った。

「そいつはいったい誰なんだ？」

明智審議官は矢野の目を見て訊いた。

「捜査一課管理官の古田(ふるた)ですよ。警官のクズです」

吐き捨てるように矢野は答えた。

「あの野郎っ」

立っていた長倉が悔しげに言った。

明智審議官がちらっと見ると、長倉は首をすくめた。

「聞いただろう、朝倉。警官のクズという古田管理官に引導を渡してこい。三階の講堂にいるはずだ」

いきなり明智審議官は真冬に振った。

「わ、わかりました」

真冬は舌をもつれさせて答えた。

「朝倉さん、ご案内します」

長倉が愛想よく言った。

三階の講堂に入ると、捜査員たちの姿は少なかった。

幹部席に一人、管理官席に一人、二人のスーツの男性が座っている。

この二人が大須賀一課長と古田管理官ではないだろうか。

あとは連絡係の制服警官ばかりだ。

だが、前のほうの一般捜査官の席に、真冬は今川の姿を見い出した。

「今川くん。来てたの？」

真冬は驚きの声を上げた。

「はい、明智審議官のお供です」

嬉しそうに今川は答えた。

「明智審議官から、今川警部にはこちらで待機頂くようにと仰せつかっております。なんでも捜査二課関連の事件のことでお見えだそうで……」

幹部席の男がこわばった声ながら丁重に言った。

すでに明智審議官はこの講堂に顔を出しているのだ。

真冬の来訪予定についても告げていることだろう。

不正警官の監視役として、明智審議官は今川をこの講堂に配置したのであろうか。

「今回も秘書官役です。別命あるまでここで待機せよと仰せつかっています」

弾んだ声で今川は言った。

「お疲れさま、よかったね」

真冬の言葉に今川は右目をつむってウィンクで返事した。

「大須賀一課長、古田管理官。警察庁長官官房の朝倉警視です」

今川は幹部席と管理官席にいる二人に声を掛けた。

やはり真冬が思ったとおりの二人だった。

「はじめまして。朝倉と申します。明智審議官の命令でここへ参りました」

真冬は二人に向かって丁重にあいさつした。

「お疲れさまです。京都府警捜査一課長の大須賀です」

幹部席の定年近い温厚そうな大須賀捜査一課長が頭を下げた。

管理官席の四角い顔で髪が薄い古田管理官は真っ青な顔であごを引いた。

「古田管理官はあなたですか」

わかっていながら、真冬は念を押して尋ねた。

「は、はい。さようです」

古田管理官は舌をもつれさせて答えた。

「詐欺事件で捜査二課に逮捕された矢野国雄が、伊根で発生した植木秀一郎さん殺害事件の犯人は自分であると自供いたしました」

真冬は言葉をぶつけた。

「わたしが事情聴取しました。間違いなく、矢野は植木さん殺しを歌いました」

それまで黙っていた長倉が得意げに胸を張った。

歌うとは警察の隠語で「自供する」という意味である。

「それはよかった」

大須賀一課長はおだやかに応じた。

「捜査本部も解散ですね」

とってつけたように古田管理官は言った。

「ちっともよくありませんっ」

真冬は感情もあらわに言った。

「その際に、矢野は古田管理官が自分に協力していたと自供しました」

少し冷静になって真冬は続けた。

「本当のことですか！」

大須賀一課長は目を剝（む）いた。

「そんなバカなっ」

古田管理官は激しく首を横に振った。

「わたしがウソをついているとでも言うのですか。矢野はこのように供述しています。『二年ほど前、ギャンブルか女だかでマルBに義理の悪い借金作っちまったんです。ヤクザと話をつけてやって、三〇〇万を無担保無利息で貸してやったら、俺の言いなりです。今回も捜査を見当違いの方向に引っ張ってくれました』とね」

言葉を口から出しているうちに、真冬の腹の底から怒りが沸いてきた。

古田管理官は全身を小刻みに震わせている。

歯の根も合わないらしく、カチカチという音が響いている。

「古田！　おまえってヤツは」

「責任ある管理官という立場にありながら、犯罪者に買収されて言いなりになるとは、なんという恥知らずです。あなたのような人は警察組織全体の敵です。国民を犯罪から守るのがわたしたちの仕事のはずです。あなたは犯罪者と自分を守ってきたのです。恥を知りなさいっ」

真冬は厳しい声音で言葉を叩きつけた。

「終わりだ。終わりだ。俺は終わりだ」

うつろな声で同じ言葉を繰り返している。

古田管理官は席から離れて、そのあたりをウロウロと歩き回っている。

まわりの制服警官たちは、怖いものを見るような目で古田管理官を見ている。

「長官官房はこの件を京都府警首席監察官に送付します。大須賀一課長、古田管理官の身柄をお預けします。責任を持って保護してください」

真冬は厳しい声音で言った。

「わ、わかりました。間違いなく身柄を保護します。おい、とりあえず収賄罪で緊急逮捕だ。古田を留置場に入れろ」

緊張しながら大須賀一課長は答えた。

制服警官の二人が古田管理官に手錠を掛けた。

かなり乱暴な緊急逮捕だ。一般市民にこんなことはできないが、相手が警官なら後で問題も起きないだろう。

「ははは、終わりだ。もう終わりだ」

不規則な発言を繰り返しながら、古田は連行されていった。

真冬の本来の職務が終わった。

「では、わたしたちは失礼します」

真冬と今川は大須賀一課長に一礼すると、講堂を後にして廊下に出た。

長倉も後に続いた。

4

二階に戻ると、智花が取調室から少し離れた廊下で所在なげに立っていた。

「明智審議官にしばらく廊下で待っているようにと仰せつかりました」

きちょうめんな感じで智花は答えた。

「ごめんなさい。もう終わるでしょう」

真冬は謝りながら、取調室のドアをノックした。

「朝倉か、入れ」

室内から明智審議官の平らかな声が聞こえた。

今川は廊下に残った。

ドアを開けると、矢野が両目を真っ赤に泣き腫らしている。

明智審議官と矢野だけが向かい合って座っている。

「そこの朝倉警視は、わたしたちの仲間だった朝倉くんのお嬢さんだ。一人娘だったんだよ。大変に苦労して警察官となった。いまはわたしの右腕として頑張ってくれている」

明智審議官は真冬について矢野に説明した。

「そうなんですか。あなたが……」

矢野は椅子から飛び上がった。

「はい、父の死はわたしの人生を変えたと思っています」

真冬は言葉少なく答えた。

「申し訳ありません。どうかお許しください。本当に申し訳ありません」

目の前のスチール机にガバッと両手をついて、矢野は自分の頭を何度も叩きつけた。

あっけにとられて制止するのも忘れ、真冬は矢野の姿を見ていた。

「あっ……」

とつぜん真冬の耳の奥に強い痛みが走った。

そばにいる人物がこころの痛みを感ずると、真冬は共鳴するように耳奥に痛みを感ずる。

矢野は悲しんでいるのだ。

真冬の父を殺す結果になったことを悔いているのだ。

複雑な気持ちで真冬は矢野の顔を見た。

「二五年前、矢野は戸次と共謀して、このわたしを殺そうとしていたんだ」

明智審議官は淡々ととんでもないことを口にした。

「そんな……」

真冬は口をあんぐり開けた。

「あのとき扱っていたのは、石川県全体にひろがる巨大汚職事件だった。能登市役所にも関係者がいた。わたしたちは任意捜査に入るところだった。実は何度もわたしに対しては、捜査を中止するように上から圧力が掛かっていた。しかしわたしはすべてはね除けてきた。朝倉くんが亡くなって、これ以上捜査を続ければ戸次や遊佐、矢野にも危害が及ぶと考えた。泣く泣くわたしは上からの圧力に屈した。捜査中止の命令に従ったんだ。まさか戸次や矢野がその一味とも知らずにな……」

変わらずに冷静な口調で明智審議官は続けた。

「わたしと戸次さんは間違って朝倉さんを殺してしまった。沼野孝造というハンパなヤクザもんに明智さん殺しを依頼したのはわたしだ。たまたまあの男を知っていた。だが、まさか弾が逸れて朝倉さんを死なせることになるなんて……わたしは罪の意識に耐えられなかったのです。あの日から毎晩、事件の場面を夢に見て跳ね起きました。しかもそれは年を追うごとに、重く苦しいものになっていきました。一〇年後、わたしは警察を辞めました……ですが、辞めた巡査長ごときに、まともに飯を食える場所なんてどこにもなかった」

苦しげに矢野は言った。

「詳しいことはゆっくり聞く。矢野はそれで詐欺の道に堕ちたというわけなのだな？」

明智審議官は淋しそうに訊いた。

矢野は黙ってうなずいた。

「矢野、捜査二課に取り調べを譲る。おまえにはまだまだ訊きたいことがあるが、今日のところは朝倉くんへの謝罪がいちばん大事だ。あの事件にまつわることについては、後日あらためて京都府警に訊きに来る。そのときまで元気でいてくれ。いいな、戸次のようなマネだけはするな」

せいいっぱいの力を込めて明智審議官は言った。

戸次の死を知ったときの悲しみが真冬にも蘇った。

「戸次さんが亡くなったことは新聞で知りました」

矢野は暗い顔つきで声を落とした。

石川県警戸次刑事部長の自死は、大きい扱いではないものの全国紙でも報道されていた。

「あいつはおのれが犯した罪に耐えられなかったんだ」

明智審議官は眉間に深いしわを寄せた。

矢野はちいさく息を吐いた。

「おまえは生きるんだ。生きて自分の罪と向き合うんだ」

厳しい声音で明智審議官は言った。

「わかりました」

矢野はしっかりとした声で答えた。

「約束してくれ」

さらに強い口調で明智審議官は言った。

「約束します。わたしは真実を話すことが、亡くなった朝倉さんへのせめてもの追慕だと思います」

　きっぱりと矢野は言い切った。

「頼んだぞ。次に会うときにはゆっくり話を聞かせてくれ」

　しんみりとした口調で言うと、

「湯本管理官が廊下にいる。ここに呼んでくれ」

　明智審議官の言葉に真冬は廊下に出て、智花を手招きした。

「入ってください」

　智花は小走りに駆け寄ってかるく頭を下げた。

「失礼します」

　智花に続いて、真冬も今川も入室した。

「湯本さん、邪魔をして悪かった。詐欺事件の取り調べに入ってください。わたしたち、警察庁の者はこれで失礼する。あなたの取り調べを遅らせてしまったことをお詫びします」

　頭を下げながら明智審議官は謝罪の言葉を口にした。

「はい、ぜひまた京都においでください」

智花は緊張してちぐはぐな答えを返した。

「そのときはいろいろと話そう。では」

明智審議官が廊下に出たので、真冬と今川は続いた。

真冬は不安定な感情をどうにか抑えたかった。

父の死について、戸次と矢野の罪は重い。

しかし、それは誤射だったと確定した。誰をどう恨んでいいのかわからなくなってくる。

一階のロビーに戻った真冬は明智審議官に訊いた。

「これからどうなさいます?」

もう五時半を過ぎている。

「用は済んだ。六時六分の《はしだて八号》に乗れば、一一時過ぎには東京へ着く」

素っ気ない調子で明智審議官は答えた。

「いまから東京に戻られるんですか」

「ああ、いちおう指定券は今川に取らせてある」

さすがに明智審議官は抜かりがない。

だが、真冬は後ろ髪を引かれる思いだった。

仕事は終わった。だが、なにかが残っている。

「わたし、明日にこちらを出てもいいでしょうか」

恐る恐る真冬は訊いてみた。

「矢野の身柄は今日のうちに京都市に送られるぞ」

冷静に明智審議官は言った。

「矢野のことじゃありません。お世話になった丹後の方々にお礼したいんです」

自分が求めていたのは、たぶんそれだ。このまま帰るには忍びないのだ。

「いいだろう。明後日から登庁しなさい」

明智審議官はあっさり許した。

「ありがとうございます」

真冬はしっかりと頭を下げた。

「あのう……僕もですね……」

今川が言いよどんだ。

彼には残る理由はないはずだが、皆まで聞かずに明智審議官は答えた。

「好きなものを食べて帰ってこい」

「いやぁ……」

今川は頭を掻いた。

改札を入る明智審議官を見送った。

明智審議官は振り返りもせずに停車している特急電車に向かった、
今川は明日の《はしだて二号》に指定変更し、真冬のキップも取ってくれた。

「ね、今夜の宿をとらなきゃね。ちょっと相談してみる」

真冬はスマホを取り出して長倉に電話した。

「いやー。朝倉さん、ありがとうございました。おかげで一挙解決です」

長倉は明るい声で言ってきた。

「わたし、長倉さんや土居さんにお礼したいんで、今夜こちらに泊まることにしました。湯本さんはどうなさるんでしょう」

わかっているのだが、智花にもまだ話したいことがあった。

「彼女は取り調べがひと通り終わったら、矢野を本部まで移送するそうです」

長倉は、予想通りの答えを返してきた。

「じゃあ、捜査二課はあの宿を引き払うのですね」

真冬は念を押すように訊いた。

「ええ、でも今夜も部屋は押さえているので、朝倉さんは安心してお泊まりくださいと言っていました」

やわらかい声で長倉は言った。

「長倉さんはこれからどうされます?」

真冬は唐突に訊いた。

「え、僕は日勤ですよ。五時一五分以降は仕事なんてしたことありません。今日はもう帰ります」

まじめな声を作って長倉は答えた。

半分冗談なのだ。刑事の勤務時間はあってないようなものだ。

「わたし、もう一泊したいんです。できれば伊根で……」

遠慮がちに真冬は頼んだ。

「やった!　ちょっと土居さんに相談してみますね」

弾んだ声で長倉は言った。

「もう一人、部下の今川警部の宿も取れればいいなぁと思って」

いざとなれば、今川は舟屋ハウスに泊めればいい。

「了解しました。駅の近辺にいてください。また連絡します」

弾んだ声で長倉は電話を切った。

また伊根に泊まれたら、どんなに素晴らしいだろう。

真冬は晴れた夜空を見上げた。

エピローグ

長倉は頑張って二軒の宿を取ってくれた。

真冬は昨夜と同じ《舟屋ハウス》で、今川は近くの《伊根浦ハウス》という同じようなタイプの宿に泊まることとなった。

気が引けるので、温泉旅館に立ち寄って真冬の素泊まり代金は支払ってきた。捜査指揮で忙しい智花に連絡するのは遠慮した。

さらに、長倉は今夜も運転手役を買って出て、真冬たちを《日出鮨》に連れて行ってくれた。

ちなみに今日は長倉自身の軽自動車を運転している。

長倉は土居も迎えに行ってくれて、四人で夕食を一緒にできることになった。

真冬はワクワクしながら《日出鮨》の白いのれんを潜(くぐ)った。

ほかに二組の客がいて、店内はほぼ満席だった。

「困るなぁ。三日続けてくるお客さんは初めてだよ。仕入れは変えてないよ。同じメニューしか出せないから」

由利は気まずそうな、それでいて嬉しそうな顔を見せた。

「事件解決を祝ってまずは一杯いきましょう。朝倉さんは『京の春』が好きだったよね」

土居は屈託なく言った。

「いや、でも今夜も長倉さんは飲めないんですし……わたしは今夜はウーロン茶でいいです」

真冬は尻込みした。

「ガマンするのは僕一人でいいですよ。ここはうちの署の管轄です。つまり僕にとっては地元だ。地元の振興のために、我々警察官は日々努力しなくちゃ」

本音かどうか、長倉は言葉に力を込めた。

「長倉くん、たまにはいいこと言うじゃないか。マスター『京の春　純米大吟醸祝米』を一合ずつ三人分お願い」

土居はさっさと見切りをつけて向井酒造の酒を頼んだ。

目の前に氷を入れたガラスの酒器が三つ並んだ。

「では。事件の解決と、我が麗(うるわ)しの調査官どのに乾杯！」

三人は日本酒、長倉はウーロン茶で乾杯した。

「伊根の海と素晴らしいお料理にも乾杯しましょう」

真冬は二度目の乾杯を呼びかけた。

ふたたび全員が乾杯を繰り返した。

「いや、ほんと、この酒美味いですね」

今川は舌鼓(したつづみ)を打った。

由利の言葉通り、昨日と同じお通しが出てきた。

だが、茗荷寿司も手作りイカ塩辛も絶品であることに変わりはない。

毎日食べても少しも飽きない。

お造りのブリやイカも相変わらず最高だ。

「なんか僕……鼻血が出てきそうです」

今川が情けないような声を出した。

「大丈夫ですか」

土居がまじめな声で訊いた。

「大丈夫じゃないです。東京に帰ったら、しばらく海鮮は食べられそうにないです」

今川はこれ以上ないくらいに両目尻をだらしなく下げている。

「ブリ、なんと言っても日本三大ブリ。いいやいやいやいや、お造りに、ブリしゃぶに、ブリ鮨……こんな幸せなことは何年ぶりだろう。いやギャグではなく」

盆と正月が一緒にやってきたような顔というのは、こういうのだろう。

いつも呼び水のようにご当地グルメをちらつかせているお詫びが少しはできた。

「そんなに喜んでもらえると、こっちも仕事してよかったなと思いますよ」

由利は顔中を笑顔いっぱいにしていった。

「それにしてもふるふる、ロクでもない男でしたねぇ」

長倉があきれ声で言った。

この店で古田の名を出したくないのだろう。

「ああ、あいつはむかしからクズ男だよ」

土居は唇を尖らせた。

「むかしからって……土居さん、以前からあの人を知ってるんですか」

真冬は驚きとともに訊いた。

「ええ、わたしが捜査一課にいた頃の上司です。もう七、八年も前のことですがね」

土居は酒杯を口もとに持っていった。

「えー、そうなんですか」

思わず真冬は叫んでしまった。

土居は刑事としてもエリートだったのだ。

「ちょっとスペシャルニューを用意してくるから待っててね」

マスターは奥へと消えた。

いつの間にかほかの客も、手伝いの女性も消えていて、店内は真冬たちだけになった。

「その頃もいろいろとあってね。あの男、証拠をわざと毀損したこともあるんですよ。わたしが気づいて追及したんだけど、結局不問に付されて、わたしは地域部に異動ですよ。それで駐在所めぐりの日々です。わたしは地域に貢献できるいまの仕事が好きですが、もともと京都市の中心部で育った家内がかわいそうでねぇ。最近は慣れてきてますけどね。それで、今回の事件で捜査本部がたったとき、長倉くんから天橋立署内の不穏な動きを聞いて、あの男が一枚嚙んでるんじゃないかって思ったんだよ」

土居は顔をしかめた。

「もしかしてうちに密書送ったのって、土居さんなんじゃないんですか」

真冬は土居の顔をのぞき込むようにして聞いた。

「バレたか」

土居は肩をすくめた。

「そうだったのか。言ってくれればいいのに」

長倉が口を尖らせた。

「でも、長倉くんに言えば、正義感の強い君のことだ。あの男に苦情を言ってわたしの二の舞になるんじゃないかって不安でね。経ケ岬（きょうがみさき）駐在所勤務なんて嫌だろ」

へへへと土居は笑った。

「そんなところに駐在所ありませんから」

長倉は失笑した。

「まぁ、でも警察庁がまともに取り上げてくださった。おかげで府警から少しは膿が出せたじゃないか」

急にまじめになって長倉は言った。

「ほかにも京都府警内部に膿がたまっているんですか」

真冬は気になって尋ねた。

「さぁ、具体的には知らないけど……あいつみたいな男はほかにもいるだろう」

土居は口を濁した。

そこへマスターが炭火のちいさい焜炉を持って帰ってきた。

「これはサービスね。うちの家族で食べようと思って買ってあったんだけど……」

マスターは遠慮気味に言って何杯ものカニが盛り付けられた大皿をカウンターに置いた。

「うわー！　カニカニにカニ！」

今川が叫び声を上げた。

「冷凍だけど間人ガニだ。いまの季節がいちばん美味いな」

マスターはにこっと笑った。

炭火であぶった焼きガニの美味さったらなかった。

香ばしく甘い。

おまけにジューシーこの上ない。

「あ、ごめんなさい」

ハッと気づくと、真冬と今川の二人でほとんど平らげてしまっていた。

「いいですよ。僕たちは冬、いくらでも食えますから」

長倉はにこやかに答えた。

「ねぇ、わたしひとつだけ長倉さんに訊きたいことがあるんですけど……」

真冬は気になっていたことを口にした。

「長倉さんと湯本さんってどういう関係なんですか?」

真冬は長倉の顔を見て訊いた。

「藪から棒になんですか?」

どきっとしたように長倉は訊いた。

「お二人の会話、とても管理官と所轄刑事課員の雰囲気じゃなかったですよ」

真冬はまじめに言った。

「げげっ、そうですか」

長倉はのけぞった。

「とっても親しいように感じました」

素直な感想だった、

「智花ちゃんはね、僕の親友の妹なんですよ」

あきらめたように長倉は答えた。

「そうなんですか！」

なぜか今川が身を乗り出した。

「俺が初任の頃、いちばん仲がよかったのは同期の湯本政司（せいじ）って男なんですよ。さっぱりした明るいヤツでね。政司の実家が二人の勤務していた署と近かったんで、僕も時々遊びにいってたんです。で、その頃、智花ちゃんは高校生で、三人でよく遊んでたんですよ。比叡山（ひえいざん）とか琵琶湖とかにドライブに行ったりね。ところが、政司のヤツは一〇年くらい前に警察辞めて北海道にいっちゃいました。いや、単に北海道旅行したときに出会った奥さんに引っ張ってかれちゃっただけなんですけどね。十勝（とかち）平野の北の端の鹿追町（しかおいまち）で公務員やってます。で、ここからが問題なんだけど、智花ちゃんは俺や政司と違って優秀でね。東大法学部に行ってキャリアになっちゃったんですよ。もともと遊んでた高校生が、いまは三階級も上の警視どのですよ。どうやって口きいていいのかわかんなくて」

長倉は困ったようにうつむいた。

「それだけじゃないだろ」

土居が怒ったように言った。

「え……ほかになんかありましたっけ」

首を傾げて長倉は聞いた。

「おまえ、その智花ちゃんに惚れてるんだろ。前に三人で久美浜に行ったときの写真見せてもらったけど、えらい美少女じゃないか」

にやにやしながら土居は言った。

「たしかにきれいな人でしたよ。伊根湾の妖精みたいな」

今川が横から言った。

「結婚しろ。さっさと結婚しちまえー」

土居もかなりできあがっている。

いつの間にか三合も飲んでいる。

「嫌ですよ。相手はキャリアですよ。ぜったい尻に敷かれますよ。土居さんとこみたいに」

まじめに言っているが、長倉は酒も飲んでないのに耳まで真っ赤だ。

「うちのかぁちゃん、キャリアなんかじゃないぞ」

口を尖らせて土居は言った。

「だって、奥さん、頭いいじゃないですか。だから、土居さんとこかかぁ殿下なわけでしょ」

長倉はあまり理屈が通らない言葉で土居を責めた。

「なに言ってんだ。おまえに釣り合う女性なんて丹後にゃいないよ」

からかうように土居は言った。

「言いましたね」

長倉が先頭になって笑っている。

真冬は丹後半島のやさしい人々にふれあうことができた今回の調査に満足していた。

「もう一杯飲んじゃおう」

真冬は三合目の冷酒を注文していた。
こんな夜がいつまでも続くことを真冬は祈った。

この作品は徳間文庫のために書下されました。
なお本作品はフィクションであり実在の個人・団体などとは一切関係がありません。

徳間文庫

警察庁ノマド調査官 朝倉真冬

丹後半島舟屋殺人事件

2024年3月15日 初刷

著者 鳴神響一

発行者 小宮英行

発行所 株式会社徳間書店

東京都品川区上大崎三―一―一 〒141―8202
目黒セントラルスクエア

電話 編集〇三(五四〇三)四三四九
販売〇四九(二九三)五五二一

振替 〇〇一四〇―〇―四四三九二

印刷 製本 大日本印刷株式会社

ISBN978-4-19-894929-7 (乱丁、落丁本はお取りかえいたします)

徳間文庫の好評既刊

痣(あざ)

伊岡瞬

　平和な奥多摩(おくたま)分署管内で全裸美女冷凍殺人事件が発生した。被害者の左胸には柳の葉のような印。二週間後に刑事を辞職する真壁修(まかべおさむ)は激しく動揺する。その印は亡き妻にあった痣と酷似していたのだ！　何かの予兆？　真壁を引き止めるかのように、次々と起きる残虐な事件。妻を殺した犯人は死んだはずなのに、なぜ？　俺を挑発するのか——。過去と現在が交差し、戦慄(せんりつ)の真相が明らかになる！